Wir bedanken uns für die finanzielle Unterstützung bei der Stadt Wien.

Stadt
Wien

Lektorat: Erika Unterpertinger
Umschlag und Satz: Jürgen Schütz
Umschlagbild: © i-stock
Druck und Bindung: Florjančič tisk d.o.o.
Printed in the EU

ISBN: 978-3-99120-023-9
www.septime-verlag.at
www.facebook.com/septimeverlag | www.instagram.com/septimeverlag

Peter Marius Huemer

Die Bibliothekarin

Roman

für Ganna

»Patiently madness waits in line
in the reception room of my mind
waiting for the thought to be left
unattended and open for an unwanted guest
and it's so busy I'd be surprised if I even noticed«
Enter Shikari – Live Outside

»Da schwärmen sie, die Wespen,
treiben uns ins Dunkel
wo wir kauern,
die Fenster schließen
und über den freien Himmel lachen
wie über eine ferne Erinnerung
derer wir uns heute schämen.«
Hannah Brauner — Drinnen

I. Fiktion

1.

Wenn ich davon schreibe, jemandem etwas mitgeteilt zu haben, müssen Sie sich dies folgendermaßen vorstellen: Ich verlasse meinen Arbeitsplatz, erhebe mich aus meinem metallenen Stuhl, dessen hinteres linkes Bein kürzer ist als die anderen, steige durch das kreisrunde Loch in der Stahlbetonwand, das ich manchmal Tür nenne, und lasse, während ich mich durch die Dunkelheit taste, stets eine Hand an der Mauer entlang streifen. Am Ende des Korridors ziehe ich ein Blatt rauen Papiers vom Stapel auf dem schmalen Tischchen, warte darauf, dass der Bewegungsmelder über mir meine Anwesenheit erkennt, den Stromfluss in die Leuchtstoffröhre freigibt, Licht spendet und verfasse eine Handvoll Zeilen in makelloser Handschrift, forme ein Röllchen, schiebe das Röllchen in ein Röhrchen und das Röhrchen in die Mündung eines Rohrs über dem Tisch, wo es verschluckt wird, eingesaugt und verschickt. Wenn ich mir vorstelle, dass es einmal so einfach gewesen sein muss zu sprechen mit wem auch immer man auf der Welt sprechen wollte, direkt zu sagen, was man sagen wollte oder schreiben, was einem in den Sinn kam und diese Botschaft durchs Nichts versenden! Sprache, die dem Willen gehorcht, die auf die Reise geht und stets ihr Ziel erreicht. Ein Wunder! Was am Ende des Rohrs auf meine Nachricht wartet, wer sie entrollt und liest, wusste ich lange nicht, aber ich bin daran gewöhnt. Die Antworten waren immer gleich. Auch daran bin ich gewöhnt. Es ist nicht schlimm. Nun teile ich jedoch *Ihnen* etwas mit und der Prozess könnte mir nicht fremder sein. Befremdlich ist er nicht. Mit dem ersten Wort, dem »wenn« scheint ein Bann von mir abzufallen. Meine Hände krampfen schon, aber der Schmerz verblasst neben der Entdeckung. Vier Zeilen. Mehr hatte ich bisher nicht im Fluss verfasst, ohne zwischen den Wörtern abzusetzen. »Rationen (7), Wasser (50l), Toilettenpapier (4 Rollen). Vielen Dank.«, steht auf dem Papierstreifen neben diesem Blatt. Ich weiß nicht, warum ich es abschreibe. Aber hier, zwischen den anderen Zeilen, ist es, so scheint mir, mehr als meine wöchentliche Bestellung. Vielleicht sollte es immer mehr sein, vielleicht kann ich der Nachricht etwas beifügen, das sie nicht benötigt, einfach, um … einfach so. Ich schreibe also darunter: »Ich wünsche Ihnen allen eine wunderschöne Woche und beste Gesundheit!« Mit Ausrufezeichen! Es durchzuckt mich wie damals, als das Kabel meiner Schreibtischlampe brach und ich mit dem Ellbogen dagegen kam, also für einen Moment mein Armhaar zu Berge stand und ich, weil ich das Gefühl nicht kannte, weder wusste woher es kam, noch ob ich schreien sollte. Jetzt denke ich, dass ein Schrei nicht angebracht ist. Ein innerer Schrei sehr wohl. Innerlich schreie ich oder jauchze. Wäre der Papierstreifen damit nicht bereits voll, würde ich weiter schreiben, aber so rolle ich ihn zusammen, stecke ihn in sein Röhrchen und schicke ihn ab. Nicht wirklich. Ich habe es bereits getan. Zwischen »jauchze« und »Wäre« bin ich aufgestanden und habe das Röhrchen in das Rohr gesteckt und das Rohr hat es eingesaugt, wie immer. Mit einem trockenen Schluckgeräusch verschlungen. Ich liebe dieses Schluckgeräusch, wünschte, dass ich es öfter hören könnte. Aber es geziemt sich nicht, mehr Röhrchen zu versenden als geboten ist. Es ist Papierverschwendung und da ich meist auf jedes meiner Röhrchen auch bloß eines zurückbekomme, fürchte ich, dass unnötige Nachrichten nur dazu führen könnten, dass mir irgendwann die Röhrchen ausgehen. Um Papier mache ich mir keine Sorgen. Ich habe so viel davon, dass ich mir sicher bin, niemand könnte es in einer Lebenszeit verbrauchen. Es ist in Kartons, kaum größer als die Blätter selbst, an der Wand zur Rechten meines Tisches die ganze Mauer entlang zweireihig bis unter die Decke gestapelt. Ein Karton enthält 500 Blatt. Ich könnte mir ausrechnen, wie viele Seiten ich also habe, doch der Gedanke, sie seien unendlich, genügt mir.

Sie sehen, ich bin es nicht gewöhnt etwas mitzuteilen. Ich habe noch nicht einmal richtig angefangen zu beschreiben, was ich wollte, und bin trotzdem bereits vom Thema abgekommen. Ich wollte, habe beschlossen, Ihnen, wer auch immer Sie sein werden, von meiner Arbeit zu berichten, von dem Ort, an dem ich lebe und davon, was sich in den vergangenen Monaten hier zugetragen hat.

2.

Ich lebe in Abteilung F-23. Wie viele Abteilungen es gibt, weiß ich nicht und ebenso wenig könnte ich Ihnen meine Heimat auf der Landkarte zeigen, obwohl ich Bücher mit Landkarten besitze. Einen Hinweis könnte meine Sprache liefern. Ich spreche auf Deutsch, auch wenn ich lange selten gesprochen habe. Ich schreibe Deutsch und schreiben ist, was ich täglich tue. Von acht Uhr, jenem acht, das meine Uhr als acht begreift, bis zu ihrem anderen acht sitze ich an meinem Schreibtisch und trage die Titel ein, die Erscheinungsdaten, Autorinnen, Autoren, Seitenzahlen, Einbandzustände und was es sonst noch festzuhalten gibt. Ich schreibe diese Informationen auf Papier, staple die Seiten und loche sie am Abend. Bevor ich meinen Tisch verlasse, sortiere ich die Listen in einen Ordner und wenn der Ordner voll ist, beschrifte ich ihn und schicke ihn ins Archiv.

Das ist meine Aufgabe, meine Pflicht. Ich bin eine Bibliothekarin. Bevor ich zur Bibliothekarin wurde, war ich nichts. Es gab mich nicht wirklich. Wenn der letzte Ordner des Tages verschickt ist oder halbvoll auf der Tischplatte verbleibt und meine Uhr acht – die Acht des Abends – anschlägt, verlasse ich den Lichtkegel meiner Leselampe, mache die zuvor beschriebenen Schritte durch die Dunkelheit in den Korridor, warte auf die Leuchtstoffröhren und verlasse den Gang an seinem anderen Ende, wo sich der Durchgang in mein Quartier befindet. Dort steht mein Bett, ein Nachttisch, ein Waschbecken und eine Toilette. Im Vorbeigehen stecke ich meine Hand in das Rohr neben dem Rohr, in das ich meine Röhrchen stecke, und hole daraus mein Abendessen. Die Rationen schickt man mir wöchentlich, aber ich lasse das länglich runde Paket im Rohr und ziehe eine Ration nach der anderen heraus, bis es bis auf Toilettenpapier leer ist. Das spart Platz und ich habe mich daran gewöhnt. Das Abendessen besteht aus 500 Kalorien und schmeckt neutral, aber es sättigt und mir fehlt an nichts.

3.

In den Regalen meiner Bibliothek befinden sich fünfunddreißig Millionen Bücher und wie groß sie ist weiß ich nicht. Sie ist nicht breit. Vielleicht dreißig Schritt. Ich habe nie den Versuch gewagt, ihre Länge abzugehen, weil es genügt einen Hebel zu betätigen und ein mechanischer Greifarm mir das jeweils nächste Buch aus dem aus dem Regal bringt. So kommen mir die Bücher entgegen. Noch bin ich beim ersten Regal und werde wohl beim ersten Regal bleiben. Wie viele Bücher ich pro Tag eintrage variiert, aber vermutlich werde ich sterben bevor ich auch nur die Hälfte geschafft habe. Eins nach dem anderen. Der mechanische Arm hebt sie aus dem Regal über meinen Kopf und legt sie vor mir auf den Tisch. Wenn ich fertig bin, lege ich das Buch genauso zurück wie es vor mich gelegt wurde, damit der Arm es richtig greifen kann. Er bewegt sich so langsam. Manchmal reizt es mich aufzustehen, selbst die wenigen Meter zu den Büchern zu gehen und mir das nächste zu holen, aber das ist nicht so nicht vorgesehen. Ich habe mich also dagegen entschieden es zu versuchen. Das Archiv, oder der Weg, den meine Ordner dahin nehmen, ist im Übrigen ein Loch in der Wand, eine Klappe und dahinter ein Schacht. Man hört sie nicht aufschlagen. Was auch immer mein Heim verlässt, meine Abteilung, macht kein Geräusch. Nicht einmal die Toilette spült laut genug, um es durch den Deckel richtig zu hören – bloß ein Murmeln – und sie spült nur, wenn er geschlossen ist. Das gilt auch für die anderen Abteilungen, vermute ich. Sie hören nur sich selbst und das Schluckgeräusch ihrer Röllchen als Abschiedsgruß.

4.

An Abteilung G-12 erinnere ich mich nur dunkel. F-23 und G-12 sind alles, was ich kenne, und G-12 nicht einmal wirklich. Dort wurde ich geboren. Dort sind rund um eine quadratische Halle Schlafsäle angeordnet. In der Halle stehen halb durchsichtige Zelte mit weißen Krankenbetten. Die Zelte sind mit Korridoren aus Plastikplanen verbunden. In einem der Zelte wurde ich geboren und von einer der Schwestern in den Raum zwischen den Zelten gebracht – in ein Kinderbett. Irgendwann kam ich dann in einen der Schlafsäle. Sobald ich denken konnte, starrte ich dort stets auf die Tür, die zurück in die Halle führte. Das hat man mir erzählt. Erinnern kann ich mich natürlich nicht daran. Durch diese Tür durften nur die Schwestern ein und aus gehen. Dahinter der Korridor in mein Geburtszelt. Da lag ich in meinem Bett, starrte zur Tür und eine der Schwestern, sie hatte keinen Namen denke ich, saß an meinem Bett – es war Abend, weil die Uhr sagte, dass es Abend war – und ich fragte sie, woher all die neuen Kinder kamen. Sie sagte sie kämen aus der großen Halle, wo sie zur Welt kämen und dann in Kinderbetten rund um die Zelte schliefen, bis sie groß genug seien, um zu uns zu kommen. G-12 war viel kleiner als F-23, aber trotzdem habe ich dort mehr gesehen. Es war nicht dunkel, sondern immer hell, sogar wenn wir schlafen sollten. Erst konnte ich kaum einschlafen als ich in die Bibliothek kam, in mein stockfinsteres Quartier, das aber nur finster ist, wenn ich möchte, dass es finster ist … Mein Quartier gehorcht mir und meiner Hand, die wann sie will an der Schnur über meinem Polster ziehen kann – schon wird es hell. Ob das jeder Erwachsene kann? Das meiste von G-12 habe ich schon vergessen. Nur an den Schlafsaal kann ich mich erinnern und an die Schwester, die über ihn herrschte. Das Klassenzimmer betraten wir jeden Tag, aber davon sehe ich, wenn ich die Augen schließe, heute bloß noch meinen Tisch, den Tisch des Lehrers, das gesprungene Glöckchen darauf, die Tafel und höre die Stimmen der anderen. Auch an die Lehrbücher erinnere ich mich gut. Zuerst lernte ich lesen. Dann schreiben, wie es sich gehört, und dann ein wenig rechnen und weil ich eine so schöne Handschrift hatte, wurde ich Bibliothekarin. Nein, ich war Bibliothekarin und man hat es erst mit meiner Handschrift herausgefunden. Wie hätte man es vorher auch wissen sollen?

5.

Aber ich will eigentlich nicht von G-12 berichten. Sollte es mir noch einmal passieren, entschuldige ich mich. Dabei fällt mir auf, dass ich beinahe alles erzählt habe, was es über F-23 zu wissen gibt, wie es aussieht, was ich dort tue und alles, aber es fühlt sich nicht so an. Wie kommt das? Ich bin keine gute Erzählerin. Das muss der Grund sein. Wenn nicht, komme ich noch darauf, was ich vergessen habe. Ich komme darauf. Nur Geduld.

6.

Ich habe zuvor gelogen. Das Röllchen mit den Grüßen, von dem ich schrieb, habe ich bereits vor zwei Monaten verschickt. Vor zwei Monaten habe ich allerbeste Gesundheit gewünscht und vor zwei Monaten fühlte ich mich elektrisiert. Dieser Akt der Rebellion, wie ich ihn für mich nannte. Als ich ihm diesen Namen gab, kehrte die Elektrizität in meinen Arm zurück, löste nichts aus. Etwas anderes löste im Gegenteil den Akt aus und daher spreche ich davon als der Anfang des Mitzuteilenden. Vor zwei Monaten entdeckte ich einen Abstellraum. Diese Entdeckung erweckte einen Gedanken in mir, vor dem ich einmal gewarnt worden bin. Es war der dreiundzwanzigste März, Frühling, endlich Frühling, wie man einmal gesagt hat, als ich entlang des dritten Regals in die Finsternis hinein spazierte, um mir die Beine zu vertreten. Früher wusste ich nicht, was Frühling heißt und was ein Datum ist und ich muss zugeben, dass ich überhaupt nicht weiß, ob es wirklich der dreiundzwanzigste März war. Über mir sprangen, wie überall in F-23, die Lichter an und warfen einen grellen Käfig, eine leuchtende Blase, über mich. Die Lichter erlaubten es mir nie, echte Dunkelheit zu erleben, außer im Korridor und dort ebenfalls bloß einige Augenblicke lang. Dunkel ist es nur wenn ich schlafe und nur in meiner Kammer. Erstaunlich, dass mich gerade dort das Einschalten des Lichts beeindruckte.

Ich strich im Gehen mit den Fingern über die zwischen Buchdeckeln gepressten Seiten, besah sie mir und malte mir in Gedanken ihre Titel aus, pickte mir die schönen Wörter aus den Namen der Werke des Tages heraus und fügte sie zu neuen zusammen. Dabei entstanden hässliche Wortschlangen. Mehr noch als sonst wünschte ich, es sei finster. Das Gehirn soll bei manchen Menschen im Finstern besser funktionieren. Womöglich hätte ich in der Dunkelheit schönere Schlangen kreieren können. Hin und wieder gelang mir doch ein brauchbares Wort: »Hausdoktorsonatenbaum«. Erst heute, da ich es den Büchern entrungen habe, weiß ich was all die Komponenten meiner Schlangen bedeuten. Vieles davon ist enttäuschend. Auch mit dem Wörterbuch bleibt das Schreiben ein schleppender Prozess, den Sie als Lesende nicht aus den Zeilen ziehen können. Oder zwischen den Zeilen lesen können? Jedenfalls können Sie es nicht. Ich kann nicht bei der Sache bleiben. Vor langer Zeit, als all diese Bücher, all diese Abermillionen Bücher in meinem Rücken, verfasst wurden, hätte nach mir ein Lektor meine Verwirrung behoben. Aber weder ist jetzt damals, noch denke ich, dass meine Abschweifungen unwichtig sind. Irgendwann hätte jemand das alles ohnehin erzählt – hoffe ich.

Ich entdeckte eine Abstellkammer. Als ich einer Wortschlange den Hals umdrehte, den Kopf abbiss und ihre beiden Enden »Wolkenhautfarmgabelhoffnung-« und »-raum« verwarf, spazierte ich weiter und weiter am dritten Regal zur einen und dem Beton zur anderen Seite entlang, marschierte von Lichtkegel zu erwachendem Lichtkegel weiter in die Bibliothek hinein als jemals zuvor. Den Schein meiner Schreibtischlampe konnte ich kaum noch hinter mir ausmachen. Es ist unmöglich, sich in der Bibliothek zu verirren. Selbst ohne Anhaltspunkt hätte ich mich mit geschlossenen Augen an den Buchrücken entlang zurück zum Durchstieg, in den Korridor und in mein Quartier zu tasten vermocht – solange ich vor und zurück nicht aus den Augen verlor. Aber einen Ort zu erreichen, an dem ich noch nie gewesen war, auch wenn er sich nicht von allen vorhergehenden Orten und anderen Stellen meines Zuhauses unterschied, war aufregend und neu. Ich dachte: Von nun an will ich jeden Tag weiter spazieren als am Tag zuvor. Ein utopischer Gedanke. Meine Pause wurde nicht länger, nur weil ich es mir wünschte.

»Du stehst um sieben Uhr auf. Um acht Uhr sitzt du an deinem Tisch und betätigst den Hebel. Der Arm legt ein Buch auf den Tisch. Du siehst dir das Buch an und füllst die Liste aus. Du betätigst den Hebel erneut. Der Arm greift sich das Buch und stellt es zurück. Du betätigst den Hebel erneut. Wenn die Liste voll ist, lochst du sie und legst sie in den Ordner. Wenn der Ordner voll ist, stehst du auf und wirfst ihn in die Klappe. Du nimmst einen neuen Ordner aus einer der Truhen neben der Klappe. Jedes neue Blatt Papier versiehst du mit einem Raster und machst daraus eine Liste nach Vorlage derer, die ich dir soeben gezeigt habe. Du liest niemals mehr als notwendig. Das ist deine Arbeit bis acht Uhr abends. Um ein Uhr darfst du eine halbe Stunde pausieren und etwas essen. Hast du verstanden?« So wurde mir mein Leben erklärt. Der alte Mann, er war mein Vorgänger, saß mir in der Schleuse gegenüber. Er trug dieselbe Kleidung, die ich nun trage: ein Overall, darunter ein Hemd und auf dem Kopf eine Mütze. F-23 stand in Lettern darauf, als hätte sie eine Schreibmaschine geschrieben. Ich war so verängstigt. Ich hatte noch nie einen alten Mann gesehen und als erst die eine Schleusentür sich aufschob, metallisch kreischte, mein Vorgänger in eine undurchdringliche Finsternis trat, und dann die andere, um mich in eine ebensolche Finsternis zu entlassen, verankerten sich seine Worte so tief in meinem Schädel als seien sie die einzige Gewissheit und als ob ich mich nur an sie zu halten brauchte, um alles Unheil von mir fern zu halten. In meiner ersten Nacht alleine, meiner allerersten Nacht in der Bibliothek, auf den Leintüchern, auf denen nur Stunden zuvor noch ein anderer geschlafen hatte, wiederholte ich, was mir gesagt worden war, tausendmal und weiter im Schlaf träumte ich davon. »Du stehst um sieben Uhr auf. Um acht Uhr sitzt du an deinem Tisch und betätigst den Hebel. Der Arm legt ein Buch auf den Tisch. Du siehst dir das Buch an und füllst die Liste aus. Du betätigst den Hebel erneut. Der Arm greift sich das Buch und stellt es zurück. Du betätigst den Hebel erneut. Wenn die Liste voll ist lochst du sie und legst sie in den Ordner. Wenn der Ordner voll ist stehst du auf und wirfst ihn in die Klappe. Du nimmst einen neuen Ordner aus einer der Truhen neben der Klappe. Jedes neue Blatt Papier versiehst du mit einem Raster und machst daraus eine Liste nach Vorlage derer, die ich dir soeben gezeigt habe. Das ist deine Arbeit bis acht Uhr abends. Um ein Uhr darfst du eine halbe Stunde pausieren und etwas essen. Hast du verstanden? Hast du verstanden? Hast du verstanden?« Ich wagte nicht, meine Pause zu überziehen. Was konnte nicht alles geschehen? Die Regeln waren denkbar einfach.

Ich verlangsamte meine Schritte, wie einen Güterzug – so sagte man einmal – schob es mich aber noch unter die nächste Leuchtstoffröhre und als deren frischer Schein – ihr Bewegungsmelder hatte sie seit Jahren nicht geweckt – auf den einförmigen Grund direkt vor meinen Füßen fiel und ich wie durch ein Wunder in einen Schatten zwischen den Kegeln geriet, hielt ich inne und besah mir meine Umgebung zum ersten Mal als eine Beobachterin, ein schwebendes Paar Augen außerhalb des Raums.

Was sahen nun diese Augen? Staub. Vor allem Staub in der Luft, der wirbelte, in Figuren tanzte. Und sonst? Erst einmal nichts. Aber da ich mich nicht rührte, bezaubert war von meinem schmalen Streifen außerhalb der Welt, erlosch auch das Licht vor meinen Zehenspitzen. F-23 hatte beschlossen, dass ich fort war und dass es nichts mehr zu verbergen hatte. F-23 offenbarte mir aus Versehen ein Licht. Ein warmes Licht, nicht kalt, kein Leuchtstofflicht, sondern orange ins Gelbe fließend das Strahlen einer Glühbirne. Nur ein einziger Strahl davon drang durch einen Spalt in der Mauer und zog mich aus meinem Starren. Eine Bewegung des Handgelenks genügte, F-23 in Panik zu versetzen. Vor und hinter mir riss es die Augen auf und strahlte grell und eisig, um mich rasch zu blenden, mir die Sicht zu rauben und mich zu desorientieren, damit ich vergaß, was ich gesehen hatte. Tatsächlich zweifelte ich daran. Ein Leuchten dieser Art war mir fremd und eine Glühbirne kannte ich zwar, konnte mir darunter jedoch nichts vorstellen. Aber obwohl ich mich irren mochte und trotzdem meine Pause ihrem Ende zuging, rannte ich entfesselt zur Mauer, strich und wischte mit den Handflächen über den Beton. Nur eine Sekunde dauerte es wohl, vielleicht fand ich den Spalt schon mit dem erstem Finger, den ich im Halbkreis über die Wand fahren ließ, und führte ihn vorsichtig in die Öffnung. Ich fand Halt hinter einer bloß wenige Zentimeter breiten, grau angestrichenen, kunstvoll gefälschten Stahlbetonmauer aus gepresstem Holz und riss die getarnte Tür mit einem Ruck, dem sie nicht im Geringsten standzuhalten versuchte, auf. Als ich in die stockfinstere Kammer trat, erloschen die Lichtkegel hinter mir verzagt und das warme Glühfadenleuchten präsentierte mir einen Schatz.

7.
Über die vergangenen Monate habe ich zu schreiben gelernt. Natürlich meine ich damit nicht, Buchstaben zu formen, nicht einen Stift zu halten, sondern Worte, einen Schatz an Worten zu gebrauchen, um eine Geschichte zu erzählen. Ich habe gelernt, Geschehenes wiederzugeben und zu gestalten, Metaphorik zu verstehen und zu kreieren, Wortspiele, Verweise und Redensarten. Das Handwerkszeug jener Menschen, die all diese Bücher in meinem Rücken über Jahrhunderte hinweg verfassten. Sie haben es mir überlassen müssen. Ich habe es mir genommen. Ich bin mir bewusst, dass die überwältigende Mehrzahl der in den Büchern festgehaltenen Geschichten schlichtweg erdacht ist und dass auch jenen, die behaupten die Wahrheit zu sein, nicht zu trauen ist. Aber bitte vertrauen Sie, die Sie lesen was ich berichte, mir ausnahmsweise. Um Ihr Vertrauen nicht zu missbrauchen, muss ich, bevor ich auch nur ein weiteres Wort weit in meine Erzählung vordringe, etwas gestehen. Ich habe schon wieder gelogen und kann auch nicht versprechen, dass es mir nicht noch einmal passieren wird. Es ist bereits fast ein Jahr vergangen seit meiner Entdeckung. Ich versichere Ihnen, dass es ein ehrlicher Irrtum gewesen ist. Ich habe keinen Kalender. Einzig eine Wanduhr dient mir zur Zeitmessung, während ich seit meiner Entdeckung die Tage auf einem Stück Papier zähle. Sie werden verstehen, dass ich solche Fehler nicht im Nachhinein berichtigen kann, will ich den Text nicht verunstalten, ihn mit Durchstreichungen vernarben. Ich kann Ihnen nur versprechen, auf meine Fehler hinzuweisen, wenn ich es nicht vergesse und wenn sie mir auffallen.

Das Handwerkszeug genügt nicht, um etwas Gutes und Funktionelles damit zu erzeugen. Ich schaffe es nicht, bei der Sache zu bleiben. Aber wie könnte ich? Wann hätte ich üben sollen? Vielleicht sollte ich mich darauf besinnen, was ich tatsächlich beherrsche, darauf, was ich seit einem Jahrzehnt täglich tue. Einen Versuch ist es wert.

8.
Zuerst war es bloß ein Kabelknäuel, lose Enden mit Steckern oder freigelegtem Kupfer, die aus einer Eisentruhe quollen: wie die schlaffen Ranken des Efeus in den Töpfen von G-12. Diese Pflanzen standen in allen Ecken und hingen von den Decken und verströmten den angenehmen Geruch von Lebendigkeit. Ganz anders als der Schweiß der Kinder. Man erzählte uns, es gäbe eine ganze Abteilung, in der bloß fünf Menschen lebten – nur hier in der Bibliothek und ähnlichen Abteilungen sind es weniger – und die Tausenden Efeupflanzen Heimat war, die die Luft für alle Abteilungen filterten und über die Lüftungsschächte verteilten. In der Kammer – schwarzer Efeu. Toter Efeu ohne Laub, nutzlos und weggesperrt.

Es war erst mit dem Blick in die Truhe von Nahem und impulsivem Wühlen in dem Kunststoffgeflecht, dass sich mir eine dunkelgraue Box offenbarte, dunkelgrau wie die Mauern und das Metall der Bücherregale. Aus ihrem Rücken sprossen drei der Kabel, deren Enden mit verchromten Steckern versehen waren. Ein paar der losen Kabel hatten ebenfalls Stecker an ihren Enden, andere nicht. Und im Rücken der grauen Box klafften einige Löcher, aus denen keine Kabel sprossen. Die Vorderseite voller Knöpfe und Regler, ein Ziffernblatt hinter Glas, eine Anzeige von 130 kHz bis 140 kHz. Ein Funkgerät: Das wusste ich freilich nicht. Nichtsdestotrotz faszinierte mich die Kiste, obwohl ich sie vorerst an ihrer Ruhestätte beließ, um mich weiter in der Kammer umzusehen. Einige Konserven, ein Hocker, leere Notizblöcke und Bleistifte, ein verstaubtes Leintuch und darunter zwei himmlisch weiche Kissen, die Urform meines eigenen. Sie und die Dosen waren für mich zunächst die eigentlichen Schätze. Ich hatte meine Pause um drei Minuten überzogen. Seit drei Minuten hatte ich kein Buch eingetragen, keinen Titel, keinen Autor identifiziert und die reinste Furcht überkam mich als ich auf die Zeiger meiner Uhr blickte, dass ich des Nachts im Schlaf aus meinem Zuhause geholt werden würde, bestraft und einer neuen Aufgabe zugeführt. Bis ich wieder an meinem Schreibtisch saß, hatte sich mein rasendes Herz leidlich beruhigt und ich nahm Platz, vollendete meinen Arbeitstag mit demselben Fleiß wie jeden Tag und bevor ich mich zurückzog, um zu essen und zu schlafen, öffnete ich noch einmal die Kammer, griff nach einer der Konserven und versteckte sie unter meinem Hemd wie ein Dieb. Im Innern des Blechs verbargen sich eingelegte Pfirsiche, etwas, was ich noch nie in meinem Leben kosten durfte. Die Süße der Früchte und des klebrigen Safts packte mich wie ein Rausch oder wie ich mir einen Rausch vorstelle. Ich verschlang die gesamte Konserve und daraufhin meine Abendration. Es war ein Festessen, ein großes Fressen und als ich mich erschöpft vom Gelage hinlegte, wünschte ich, ich hätte auch die Kissen aus der Kammer mitgenommen, wurde mir licht im Inneren und ich fürchtete nichts mehr in meiner engen Welt.

9.

Das Funkgerät und seine Kiste entnahm ich erst als es in der Kammer, die über die folgenden Tage ein Füllhorn der Genüsse geworden war, – da waren Ananasringe, Feigen, mit Reis gefüllte Paprika in Soße, Chili Con Carne, das hieß Fleisch (!), eine Sache, die ich bisher bloß aus Buchtiteln kannte – als auch die letzte Dose geleert, ausgeleckt, ausgespült und am Fuße meines Bettes aufgereiht an der Seite aller vorhergehenden stand. Das hieß, erst siebenundzwanzig Tage später zerrte ich abends die Truhe ins Licht der Bibliothek, schob sie unter größter Mühe bis an den kreisrunden Durchstieg in den Korridor und ließ sie dort stehen. Meine Arme zitterten bereits vor Anstrengung und ich strich keuchend über die Haut, massierte die Muskeln in dem Instinkt, es sei das richtige zu tun. Nie zuvor hatte ich etwas Schweres tragen müssen und nie zuvor hatten meine Arme auf diese Art und Weise gebrannt. So lernte ich, dass ich schwach war, zu schwach um alles zu tun, was ich wollte. Heute bin ich stärker. Mein Rücken schmerzt nun nicht mehr am Ende des Tages. Ich dachte, das sei nun einmal so. Abends schmerzt der Rücken. Das verlangt die Menschlichkeit. Eine Lüge, wie so vieles. Aber woher kam die Kraft, die in mir entstand? Woher kam der verbreiterte Umfang meiner Glieder? Es kam einem Wunder gleich, doch dieses Wunder war in jener Nacht und am folgenden Morgen noch so fern und das Ziehen der Muskulatur so nahe und so überwältigend, dass ich zwei Minuten zu spät an meinem Arbeitsplatz eintraf. Beim Klettern in die Bibliothek verhedderte sich mein Knöchel in einem der Kabel und ich kam beinahe zu Fall. Um ein Haar hätte ich die Truhe im Zorn zurück in ihre Kammer gebracht, wäre ihr Gewicht nicht gewesen und das drängende Ticken der Uhr über dem Schreibtisch.

Ich betätigte den Hebel, um den Greifarm zu bewegen – an diesem Arbeitstag bloß dreiundvierzig mal. Dreiundvierzig Bücher wurden von mir katalogisiert. Dreiundvierzig von über vierunddreißig, beinahe fünfunddreißig Millionen Büchern. Unzählbare Lebensjahre bräuchte ein Bibliothekar, sie alle zu erfassen und noch einmal so viel, sie alphabetisch zu ordnen – auch das gehörte zu meiner Pflicht, doch dazu würde ich nie kommen, nicht mit dreiundvierzig Titeln pro Tag und auch nicht mit eintausend. Das war mir gleichgültig. Das war es noch nie gewesen! Eine Entdeckung, noch eine: Leiden triumphiert über Furcht. Darin lag eine ganz andere Furcht. Besorgnis ob der Herrschaft des Geistes über den Körper, die ich für absolut gehalten hatte. Die Hierarchie Pflicht › Geist › Körper war eisern gewesen als der Lehrer sie mit kreischender Kreide jeden Morgen an die Tafel des Unterrichtsraums gekratzt hatte. Nun war sie flüchtig, schon fast verflogen. Wenn Schmerz über dem Geist stehen konnte, konnte er auch über der Pflicht stehen. Deshalb starrte ich das Ziffernblatt der feindseligen Uhr minutenlang trotzig an, starrte ihm trotzig ins unaufhaltsame Gesicht und erhob mich, lang bevor ein Zeiger die Acht erreicht hatte und die anderen die Zwölf. Dieses Mal benutzte ich die Truhe und das Funkgerät als Stufe, um mich ächzend – auch das Ächzen war mir neu – nach oben und durch das Loch zu ziehen. Vor dem Schlafen glitt mein Blick wehmütig über die leeren Dosen und erinnerte mich ihres ehemaligen Inhalts.

Nun, da mir nichts mehr blieb als mein Dosenmonument und die Erinnerung – sogar der Schmerz war fort –, kehrte die Angst zurück. Fünf Minuten Arbeit hatte ich verpasst. Fünf Minuten und ich hatte das Gefühl, die Rationsrolle sei leichter als gewöhnlich als ich sie aus dem Rohr zog, sie sei kürzer. Ganz bestimmt war sie kürzer. Weniger Essen zur Strafe für meine Völlerei und weniger Toilettenpapier und Wasser, um die gestohlene Zeit nun aus meiner Morgenroutine zu streichen. Waage hatte ich keine und auch kein Maßband. Trotzdem wusste ich, dass ich Recht hatte. Meine Augen betrogen mich nicht. War mein Blick nicht scharf genug gewesen, einen schmalen Spalt in der Mauer zu entdecken? Waren meine Hände nicht so anfällig für Gewicht, dass ich die Last des Funkgeräts über Tage hinweg spürte? So musste ich doch auch die ungewöhnliche Leichtigkeit der Rolle einschätzen können. Mit den Fingernägeln riss ich durch das hellbraune Papier, das meine Lieferung umschloss, schälte die Leichtmetallcontainer daraus hervor – sie waren rund wie die Konserven, sahen ihnen ähnlich, doch waren gänzlich anders – stellte sie vor meinem Monument auf und wog jeden einzelnen in der Hand. Sieben mal drei Rationen (zu je 500 Kcal) und vier Rollen Toilettenpapier exakt wie immer meiner Bestellung folgend. Ich hob die Abdeckung vom Wassertank neben der Tür zu meinem Quartier in seiner Mauernische. Immer wenn die Rolle eintraf, wie ein Wurm aus dem zweiten Rohr, in das ich niemals meine Röhrchen stecken durfte (weil es ein Ankunftsrohr war), kroch, begann auch Wasser durch einen Schlauch in meinen Tank zu fließen. Fünfzig Liter, das bestätigte die Wasserstandmarkierung an der Innenseite. Alles normal. Aber was war mit den fünf Minuten geschehen? Kümmerte es denn niemanden, dass ich sie gestohlen hatte?

Auch auf die genaueste Untersuchung hin konnte ich keinerlei Kürzung meiner Rationen feststellen. Jeden Tag beim Essen achtete ich darauf, wie satt ich mich fühlte. Leidlich satt. Ebenso wie ich es gewohnt war und ich hätte nicht einmal gewusst, dass dieses Gefühl bloß »leidlich satt« bedeutete, hätte ich nicht zuvor »satt« entdeckt. Womöglich war es auch »voll« oder im Vergleich der Worte, die ich benutze, die aus einer anderen Zeit stammen, »zur Genüge ernährt«. Ob man das so sagt? Zur Genüge ernährt, wenn man gerade genug gegessen hat, um keinen Hunger zu leiden ohne wirklich befriedigt zu sein. »Befriedigt« ist mein liebstes neues Wort. Aber zu dieser Entdeckung später. Es gab so viele davon in den vergangenen Monaten. Man hatte mich also nicht bestraft. Was konnte das bedeuten? Waren es Gunst und Güte oder Desinteresse, die mir die Minuten geschenkt haben, die ich mein Diebesgut wähnte? Das herauszufinden, das Wagnis, den einzigen Weg einzuschlagen, der Antworten versprach, raubte mir den Schlaf, da ich die letzte Ration der Woche unbefriedigt – mein verhasstestes neues Wort – verschlang, und lotste mich zugleich auf seinen Pfad. Die Idee beschloss sich selbst zur Tat zu machen. Ich verschlief. Eine ganze Stunde zu spät erwachte ich. Kein Geräusch drang in meine Träume. Die unsichtbare Glocke, die in allen Abteilungen jeden Morgen zur Arbeit ruft, fügte sich nahtlos in mein Schlafgeschehen ein. Ich träumte aufzuwachen und schlief weiter.

10.

In zwanzig meiner fünfunddreißig Lebensjahre – was bedeutete überhaupt ein Jahr, ich kannte so lange bloß Wochen und Tage – bin ich keinem anderen Menschen begegnet. Ein Wunder also, dass ich nicht den Verstand verlor, mit Geistern oder mir selbst zu sprechen begann. Vermutlich lag es an meinem Rhythmus und dem Gefühl, doch nicht alleine zu sein, an dem Wissen, dass nur wenige Meter hinter den Wänden zu meinen Seiten Tausende andere Menschen lebten und ebenso wie ich irgendwelchen Tätigkeiten nachgingen, deren Zwecke genauso bedeutsam waren wie jener meines Tagwerks. Ich wusste es, denn ich hatte sie gesehen. Schwestern und Lehrer, Ärzte und den alten Bibliothekar. Nun aber fühlte ich mich den anderen verbunden, wenn auch in Rebellion, im Aufruhr, gegen das Gesetz: Du tust was du tust und du hörst niemals damit auf. Was du tust, dazu wirst du berufen. Es ist deine Pflicht und die Grundlage deiner Existenz. So einfach. So friedlich. So tröstlich. Noch eine Zeile an der Tafel.

Mein Aufstand war absolut wie das Gesetz der Pflicht. Ich verweigerte mich völlig. Da ich verschlafen hatte und bereits alles zu spät war, fing ich gar nicht erst an, den Hebel zu betätigen, verzichtete darauf, auch nur ein einziges weiteres Buch vor mich hinlegen zu lassen, noch einen einzigen weiteren Namen zu Papier zu bringen, keine Jahreszahlen und keine Titel. Stattdessen legte ich mich zurück ins Bett, um mich zu langweilen. Eine angenehme Langeweile war das im Gegensatz zu der gewöhnlichen Monotonie des Katalogisierens. Aber auch sie war nur schwer zu ertragen. Was blieb mir also übrig als noch ein Gesetz zu missachten? Die Schleusentore waren geöffnet, die See zuletzt doch eingedrungen. Ich las ein Buch.

11.

Da sprach ein Mann, schrieb ein Mann. Er schrieb von Dingen, die ich aus Titeln kannte, Wolken, Straßen, aber auch von Dingen, die ich nirgendwo gelesen hatte. Ein Mann, sein Name musste Jerofejew sein, schrieb von einem Ort, eine Stadt nannte er ihn – *Moskau.* Ein riesiger Ort, ein Ort, den er nicht zu Fuß durchqueren konnte; er sprach vom Wetter, von Temperatur als etwas, was nicht zu jeder Zeit gleich war, und von seinem tiefen Wunsch Alkohol zu trinken und davon, dass er auch am Vortag bereits Alkohol getrunken hatte. Mein träger Kopf verwirrte sich in den Worten. Ein Text, ja, Texte kannte ich, konnte ich verfassen und abschreiben, aber da waren so viele Worte, so viele Dinge. Nichts von dem was ich las verstand ich. Da halfen auch die Füllwörter nicht. Bedeutungslose Brücken. Trotzdem erkannte ich meine Sprache darin, meine kleine Sprache. Einmal musste sie größer gewesen sein. Einmal musste es mehr zu benennen gegeben haben. Das Buch war verschlossen, versteckt wie die Kammer mit den Dosen und dem Funkgerät. Da ich nun aber alleine war und immer noch fest entschlossen, mich nicht mehr an meinen Schreibtisch zu setzen, nicht mehr an meinem Hebel zu ziehen, blieb nichts anderes zu tun als weiter zu lesen. Hunderte Menschen eilten über den Bahnhofsplatz von Moskau, was auch immer ein Bahnhof war und was ein Platz – Hunderte! Ich hatte nie mehr als vierzig in einem Raum gesehen. Was für ein Raum konnte Hunderte fassen? War das überhaupt ein Raum? Nein, es war ein Platz. Das bedeutete Platz: *ein riesig großer Raum.* Ich schrieb es nieder, hockte dabei am Boden neben meinen Dosen. Ich schrieb: *Platz – großer Raum.* Darunter schrieb ich: *Moskau – Stadt?* Und dann: *große Stadt?* Wie groß ist eine Stadt? Darunter ließ ich einige Zeilen frei. So verfuhr ich mit den ersten Seiten. Jeden Begriff schrieb ich auf und versuchte die Frage, die er darstellte, zu beantworten. Die Antworten blieben rar, doch als ich mit der dritten Seite fertig war und selbst fünf Seiten, zugegeben bloß dünn, beschrieben hatte, fühlte ich mich stolz und erschrak zugleich. Was tat ich denn anderes, als eine Liste zu schreiben? Schnell jedoch verflog mein Schrecken, wich der Leistung des Tages und ich stellte fest, dass dies meine Liste war, Teil meines Verbrechens. Sie entbehrte aller anderen Schritte, aus denen die üblichen entstanden waren. Dies war eine verbotene Liste und wie um meine Dreistigkeit auf die Spitze zu treiben, griff ich nach einem leeren Order, um die fünf Blätter einzuhängen. Den Ordner schob ich unter das Bett, das Buch unter mein Kissen.

12.

Heute weiß ich, was ein Wörterbuch ist, was ein Lexikon. Ich weiß, wie einfach es gewesen wäre mit einem solchen Buch an meiner Seite. Wie aus dem Nichts hätte ich mir Definitionen erlesen und weiter die Definitionen der Wörter in den Definitionen.

Damals hätte ich eine solche Hilfe mit Freuden angenommen. Obwohl es mir Lust bereitete, diese neuen Listen zu schreiben, Querverweise an die Ränder zu setzen und nach und nach und dennoch unerträglich langsam Fragezeichen durchzustreichen, bestätigtes Wissen zu unterstreichen und noch einmal und dieses Mal in besonders korrekter Schrift aufzuzeichnen, wäre ich wohl beim Anblick der vorweggenommenen Arbeit schwach geworden. Zwei Ordner hatte ich also. Einen sich rapide füllenden mit beigelegten halb abgerissenen Notizzetteln und Durchstreichungen in beinahe jeder Zeile, und einen ohne all das. Ich stellte die Ordner in diagonal gegenüberliegende Ecken meiner Kammer. Das Bett hatte ich in die Mitte des Raumes gerückt, die Dosen ringförmig darum herum angeordnet. Zwei Wände, von der Tür bis zum Waschbecken und vom Waschbecken bis zur Toilette, würden die Notizordner füllen. Die anderen beiden Längen des Zimmers waren für die fein säuberlichen gedacht. Ich plante in die Zukunft. Meine Furcht, verschleppt und bestraft zu werden, war verflogen. Ich hatte sie vergessen. Sie war nicht mehr von Bedeutung, zwergenhaft gegen die Größe des Buches unter meinem Kissen. Dabei wusste ich immer noch kaum, worum es ging. Warum wünschte Jerofejew sich so sehr, Alkohol zu trinken und was tat er an dem Ort, den er Bahnhof nannte, in der Stadt namens Moskau?

13.

Die drei aufregendsten Wochen verflogen über den Zeilen Jerofejews, den Worten eines lang Verstorbenen. Ich kannte diesen Menschen nicht und dennoch fühlte ich mich ihm nahe, litt mit dem Trinker. Wenn ich schon nicht viel verstand, so doch, dass der Alkohol dem Mann nicht bekam, dass er ihn schwächte und stärkte zugleich. Nun, da mir die Sprache wie ein neuer Sinn erwuchs, wusste ich nicht, warum sich dieser arme Mann mutwillig die Sinne raubte. Trotzdem wollte ich verstehen. Mich gierte es nach der Unmöglichkeit, denn ich glaubte nicht mehr an sie.

Einhundertachtundsechzig Seiten. So viele hatte ich gelesen als ich das Buch schloss und es ehrfürchtig neben das Bett zu Boden legte. Es sollte der Grundstein eines Stapels werden. Bevor ich mich zur Ruhe legte, hängte ich eine Notiz mit Verweisen auf die drängendsten Fragen ans Ende meiner Liste. Es war vierzehn Uhr dreißig und ich löschte das Licht. Nacht war nun, wenn ich beschloss, dass es Nacht war.

14.

Er war nie angekommen. Jerofejew hatte es nicht nach Petuschki geschafft. Obwohl ich nicht wusste, wo Petuschki lag – es musste nahe Moskau sein (aber wo war Moskau?) – sehnte ich mich bei der Lektüre nach seiner Ankunft, hoffte auf nichts mehr, als dass Jerofejew dem Zug entsteige und erleichtert feststelle, dass er am Ziel sei. Ein Zug, das war ein Gefährt, das Menschen über weite Strecken trug. Soweit konnte ich folgen. Wer in einen Zug stieg, der begab sich auf eine Reise. Eine Reise hatte ein Ziel. War es noch eine Reise, wenn man das Ziel nicht erreichte? Noch ein Eintrag – aber während ich mir die Frage dazu stellte, schlief ich ein und träumte von einem Raum so groß wie meine Kammer, der sich in unbegreiflicher Geschwindigkeit voran schob. Ich träumte von Fenstern, durch die ich blinde Formen sah, stets nur einen Augenblick lang. Als ich erwachte, erinnerte ich mich bloß an Dunkelheit hinter den Fenstern. Ich träumte von mir als Jerofejew und wünschte nichts mehr, als dass der Zug anhalte. Gründe benötigte ich dafür nicht. Ein Schrei entfuhr mir beim Erwachen. Ein euphorischer

Ausruf größter Furcht und Verwirrung, den ich liebte, obwohl er mir bis in die Knochen weh tat. Die Geschichte war zu keinem guten Ende gekommen. Erst in den Minuten nachdem ich hochgeschreckt war wurde mir dies bewusst. Das Ende des Buches war das Ende Jerofejews. Es konnte gar nicht anders sein. Aber wie? Ich drehte und wendete das Buch, besah mir jedes Wort auf dem Umschlag, dann steckte ich es in die weite Tasche meines grauen Overalls, der irgendwann einmal weiß gewesen war. Ohne mich zu waschen, ohne etwas zu essen oder auf die Toilette zu gehen, sprang ich in weiten Sätzen durch den Korridor, schlüpfte in die Bibliothek und begann an den Buchrücken vorüber hastend wahllos Bände aus den Regalen zu ziehen. Als ich schließlich nicht mehr in der Lage war, mir noch mehr aufzuladen, setzte ich mich wo ich war inmitten eines Lichtkegels auf den Boden und breitete die Bücher aus. Da stand er Titel, darüber der Name: *Wenedikt Jerofejew* – zwei Namen, wer benötigte *zwei* Namen? – und unter dem Titel: *Ein Poem* und seitwärts am Rand: *Piper*. *Ein Poem* schrieb ich also auf ein Blatt und *Piper*. *Piper* strich ich wieder – auch früher schrieb ich diese Zusatzbenennungen nicht in meine Listen. Aus einem kurzen Text auf Seite vier hatte ich bereits erfahren, dass *Piper* nichts mit der Form des Buches zu tun haben konnte, auch wenn mir nicht klar war, was es sonst bedeutete. Dann verglich ich die Aufschrift des Einbandes mit jener der anderen. Da stand zum Beispiel: *José Luis Peixoto* und daneben: *Das Haus im Dunkel*. Klein rechts darunter: *Roman* und ganz unten in der Mitte: *Septime*. Ich schrieb auf: *Roman* und vernachlässigte: *Septime*. Ein Rätsel nach dem anderen.

Am Ende des Tages, nachdem ich noch einhundert Bücher aus ihren Ruhestätten gerissen und auf dem glatten Beton verstreut hatte, las sich meine Liste so:

Ein Poem: ?
Roman: ?
Biographie: ?
Erzählung: ?
Anthologie: ?
Thriller: ?
Kriminalroman: ?

Und so weiter. Um diese Fragezeichen zu ersetzen, musste ich wohl oder übel alle Bücher lesen. Freudige Erregung ergriff mich bei dem Gedanken. Ich trug einen schweren Stapel an den Regalen vorbei bis zu meinem Schreibtisch. Dort legte ich sie ab und griff mir das erstbeste. Auch Jerofejews Geschichte nahm ich mit, um sie wieder an ihren Platz zu bringen.

15.

Bereits das zweite Buch schien meine Listen ins Unendliche zu öffnen. Zwei Blätter beschrieb ich pro gelesener Seite und hunderte Notizen heftete ich daran, um Erweiterungen oder teilweise Antworten auf bereits gestellte Fragen zu kennzeichnen. Natürlich gab es bei Weitem mehr neue Fragen als ihren Abschluss fanden. Keine einzige fand wirklich Abschluss. Und dennoch glaubte ich mehr, viel mehr zu verstehen, dem Erzählten um die Kurven der Sätze folgen zu können, obwohl ich das Gelesene nicht hätte wiedergeben können. Das Verstehen glich einer Ahnung wie jene, die ich seit meinem Tanz aus der Reihe hegte. Niemand würde mich bestrafen. Ich war sicher und alles, was mich je davon abgehalten hatte bis nach acht im Bett zu bleiben, war mein Glaube daran, dass es nicht anders geschehen konnte.

16.

Die Räume in G-12 waren gedrungen. Kein Zimmer mit Ausnahme unserer Schlafsäle, wie man sie nannte, fasste mehr als zwanzig Personen. G-12 war um ein Vielfaches bescheidener als die endlose Halle meiner Bibliothek. Einmal hatte ich neun Räume gezählt. Drei Schlafsäle für die Kinder, einer für die Schwestern, den Lehrer und die Ärzte, acht Geburtszelte in der zentralen Halle, zwei Klassenzimmer, eine Kammer für die Rohrpost und ein Warteraum für jene, die G-12 verließen. Alle rechteckig und mit niedrigen Decken. Das Licht war überall so nah an den Augen. Ich glaubte an meinem ersten Tag in der Bibliothek erblindet zu sein. Wo war die Blendung meiner Jugend? Wir Kinder verbrachten unsere Tage zwischen den Betten und später in einem der beiden Klassenräume. Dort lehrte man uns unsere kleine Sprache und Hygiene, zwang uns auf der Stelle zu laufen, zu turnen, uns zu bewegen, aber vor allem lehrte man uns Pflicht. Wer leben will, muss seiner Plficht nachkommen. Aus den Büchern weiß ich, dass dies auf die eine oder andere Weise immer so gewesen sein muss. Nie jedoch, so schien mir, konnte diese eiserne Regel so streng gewesen sein wie man es uns beibrachte. Wenn wir alt genug wären, sagte der Lehrer, würden wir unsere Pflicht entdecken. Er sagte es, als ob wir eines Morgens erwachen würden, nur um in uns zu spüren, was wir den Rest unseres Lebens zu tun hätten. Dies stellte sich nicht als gänzlich unwahr heraus. Eines Morgens erhob ich mich aus meinen Kissen, wusch mich, aß und bevor ich das Klassenzimmer betreten konnte, nahm mich der Lehrer beiseite. »Du wirst Bibliothekarin«, sagte er. »Heute Nachmittag wirst du zur Bibliothekarin.« Also folgte ich ihm in den Warteraum und harrte dort bis zum Nachmittag aus.

17.

Mit dem Ende des zweiten Buches hatte ich drei Ordner mit Listen gefüllt. Ich zögerte, den letzten Satz zu lesen. Das Buch hatte mich gefesselt. Ich konnte mir nicht erklären, wie das geschehen konnte, verstand ich doch immer noch viel zu wenig von dem, was da geschrieben stand. Es musste etwas mit dem Zusammenhang der Wörter, die ich kannte, mit den unbekannten zu tun haben. Heute kenne ich sogar hierfür ein Wort: *Kontext*. So ein schöner Begriff. Einer der schönsten. Elegant und allmächtig. Beinahe so schön wie: *befriedigt*. Ohne mein Zutun formten die Zeichen auf den Seiten Bilder. Das hatte ich bereits einmal im Klassenzimmer erlebt, als ich gelernt hatte zu Lesen. Damals waren es grobe, kantige, grässlich klare Bilder gewesen – Grau und Braun und Weiß. Der letzte Satz hier: »Ich war glücklich, und in diesem Augenblick starb ich.« Ein gutes Ende. Der Tod – davon hatte man uns erzählt. Das Leben, die Pflicht wäre nicht ewig. Aber wenn wir unserer Pflicht nachkämen, hätten wir ein erfülltes Leben und würden das im letzten Moment erkennen, sagte man. Ich konnte nicht sagen, welcher Pflicht der Tote am Ende dieser Geschichte nachgekommen war. Zu unstet konnte ich dem Erzählten folgen. Aber diesen Satz, einen von noch wenigen, verstand ich vollends und begann zu zweifeln. Doch nur für einen Augenblick. Die Strafe, die man uns im gleichen Atemzug mit der Pflicht für deren Vernachlässigung vage versprochen hatte, war nicht gekommen und so dachte ich, dass auch mein Tod nicht an ihre Regeln gebunden sein musste. Ich notierte mir, dass ich dieses Buch noch einmal lesen wollte, später, wenn ich mehr verstand. Dann würde ich überprüfen, ob der glückliche Tote, dessen Leben mir nicht glücklich erschienen war, einer Pflicht nachgekommen war.

18.

Ein Geräusch – kaum ein Geräusch, nicht laut genug so genannt zu werden. Ein streichendes Klopfen oder seichte Atemstöße. So anders als der Klang meiner eigenen Schritte, meines eigenen Atems und fern dem Sirren der Leichtstoffröhre im Korridor. Wie die Ankunft tausender winziger Rohrpostbriefe wiederholte es sich unregelmäßig. Zum ersten Mal in Tagen zwang mich das Kaum-Geräusch, meine neuen Listen beiseite zu legen, das dritte Buch zuzuschlagen und nach seinem Ursprung zu forschen.

Ein erster Hinweis fand sich bereits im Aufblicken. Ein flüchtiger Schatten, der durch die Peripherie meines Sichtfelds huschte, zur Tür hinaus. Ich folgte dem, was ich noch für eine Täuschung hielt und glaubte gerade noch einen Blick erhascht zu haben. Das Geräusch war fort oder ich überdeckte es mit meinen Schritten. Weiter in die Bibliothek und instinktiv an den Tisch verfolgte ich das Fremde. Ich hielt inne, den Atem an und da war es wieder, anders, unterbrochen von kaum merklich lauterem Schlagen. Ein Schlagen war es nicht ganz, aber selbst heute fehlen mir die richtigen Worte dafür. Der Schatten schoss über die Tischplatte und durchschlug meinen eigenen. Hinter mir! zwischen dem Licht der ersten Lampe und mir, – nein! – jetzt sah ich es. Ein Tier umschwirrte die kurze Leuchtstoffröhre. Flügelschläge, hektisch und wippend – ein Falter.

Das Insekt stieß gegen das Glas vor dem Gas im Inneren. Immer wieder stieß es dagegen, prallte zurück, beschrieb einen Kreis, holte Schwung und tat es erneut. Immer wenn es dem Schirm oder der Röhre zu nahe kam, schlugen oder strichen seine Flügel gegen das Hindernis und erzeugten jenes Geräusch, das lautere der beiden Geräusche. Dann kehrte es zurück zu seinem hauchenden Flattern. Ich legte meinen

Kopf schief, wie um eine Frage zu stellen. Ich blieb still. Obwohl ich nie so ein Geschöpf gesehen hatte, wusste ich, dass es nicht antworten konnte. Wie hatte es seinen Weg in meine Heimat gefunden? Wie war es eingedrungen, wie hatte es die undurchdringliche Luftschleuse überwunden? Noch während ich den hypnotischen Flug des Falters um die Lampe verfolgend stand und meine Gedanken mit ihm kreisten, sank seine Flugbahn, beschrieb das Tier eine gewellte Spirale hinab und landete auf dem Rücken eines meiner achtlos auf dem Boden zurückgelassenen Bücher. Dort verstummten die Flügel, legten sich flach über den Körper des Insekts und es verharrte.

Insekt – schrieb ich und – *Flügel.* Dahinter ein Fragezeichen, darunter die gesamte Seite frei. Noch eine Aufgabe, eine neues Register. Ein Bestiarium. Ungeachtet aller Leerstellen, die noch in den Listen klafften, nahm ich bereits gelesene Bücher zur Hand, um sie nach geflügeltem Kleinsttier zu untersuchen. Vieles, das ich für fern meiner Realität gehalten hatte, hatte ich aus Zeitgründen ausgespart. Dazu gehörten Tiere, Hunde, Katzen, Pferde und alles Leben, dessen Unmenschlichkeit ich mir gewiss war. Vor allem auch, weil es mir erschien, dass die Auftritte solcher Kreaturen oft Hand in Hand mit deren Beschreibung gingen. Sie brachten ihren eigenen Kontext mit sich, ihre Form. Sie erklärten sich mir und meine Listen waren Listen des völlig Fremden, obwohl sie es nicht bleiben sollten. Schnell fand ich die geschriebene Entsprechung des Eindringlings. Ein Falter, ein Tier, dem Schmetterling näher verwandt als anderen Insekten, das braun und grau durch die Geschichte flog und in der Luft wippte wie meiner. Er tat es nun wieder. Er war vom Einband aufgeflogen, hatte eine Stunde lang in meinem Rücken die Lampe umkreist, mir sein wirres Streichen und Klopfen geschenkt – ein Geschenk war es für mich, die ich nur selten etwas hören durfte – und war zu guter Letzt zwischen den Regalen in die ferne Tiefe der Bibliothek verschwunden. Ich vermisste ihn und erwog bereits eine Weile nicht zu lesen oder eine Stunde Schlaf zu opfern, um ihm nach hinten zu folgen, als er sich anschlich und zu meinem Schreck im Schein der Schreibtischlampe landete. Ohne darüber nachzudenken begann ich mit dem Tier zu sprechen und erschrak noch mehr als über seine Landung, wie schwer mir meine Sprache fiel. Einen Gruß und eine Frage brachte ich über die Lippen. Dann las ich weiter. Da! Ein Insekt in den Zeilen. Wespe hieß es und überfiel ein Gartenfest. Die Gäste fluchten, bedeckten ihre Gläser, schlugen um sich und wurden gebissen. Ob auch der Falter beißen konnte? Er sah so friedlich aus, weich und träge. Er würde mich nicht beißen. *Falter* – sagte ich – *Falter, du tust mir nichts.* Die Kreatur war sich meiner Anwesenheit ganz sicher nicht bewusst, wie sie nun da saß und sich nicht regte.

19.

Am nächsten Morgen war der Falter gestorben. Er hatte sich leblos auf den Einband des Buches gelegt, auf das Bild einer Ozeanwelle. Auf den Rücken. Als sei er in plötzlicher Erstarrung aus lebendigem Flug gefallen, aufgeschlagen, so sanft, dass er nicht einmal mehr vom gepressten Pappmaché abgeprallt war, um womöglich vom Buch herunter und auf dem kalten Metall des Schreibtisches zur Ruhe zu kommen. Ich hob das Tier mit beiden Händen vom Einband als wäre es ein Schluck Wasser. Dann nahm ich eines seiner Flügelchen zwischen zwei Finger und hielt den Falter ins Licht. Er sah aus wie er auch am Vortag ausgesehen hatte. Hätte er nicht auf dem Rücken gelegen, hätte ich sein Verhalten für eine Rast gehalten. So beerdigte ich ihn in einer ausgewaschenen Konservendose, verschloss sie so gut es ging mit Toilettenpapier und warf die Dose in den Schacht hinter der Klappe, die ich schon seit Tagen nicht mehr geöffnet hatte. Ich war wieder allein.

20.

Allein sein – schrieb ich. Allein – *nur **ein** Mensch*. Nein! Ich strich es durch. – *nur **ein** Lebewesen. Oder Kreatur* – schrieb ich. Ich ließ den Rest der Zeile für weitere Synonyme frei. Dann las ich weiter. Die Gäste waren im Inneren des Hauses verschwunden. Ein Wespenschwarm war über das Fest hergefallen. Es juckte, es brannte, es biss. Die Wunden wurden verarztet und es wurde geflucht. *Geflucht/Fluch/Flüche* – schrieb ich. – *Worte des Ärgers*. Jemand beschwerte sich über den Gebrauch von Schimpfworten. *Schimpfworte* – schrieb ich also. – *Worte, die man nicht gebrauchen soll.* Und in Klammer – *wer entscheidet?* Fuck, verdammt, Scheiße, dummes Arschtier, sagte ich zu mir selbst und dem toten Falter in Gedanken hinterher. Es fühlte sich gut an. Ich wollte ihn nicht verletzten. Ich wollte ihn nicht beschimpfen. Er war ja tot und ich nicht und mir war nichts Schlimmes geschehen, außer wieder allein zu sein. Das war schlimm. Das erste, das je in meinem Leben schlimm gewesen war, weil unerwartet, weil gegen meinen Willen. Ich hatte schließlich noch nicht lange einen Willen, dessen ich mir bewusst war.

21.

Ich kann mich kaum an dieses Buch erinnern. Ich weiß nicht mehr genau, was am Ende des Gartenfestes geschehen ist und ob man dem Wespenschwarm Herr werden konnte. Der Roman – war es ein Roman? – endete kurz darauf. Ich weiß gar nicht, ob die Gäste den Heimweg noch angetreten haben. Das macht aber nichts. Ich erinnere mich an so einige andere Bücher, an deren Handlungen, deren Charaktere. Nicht jedes konnte sich in mir festsetzten. In diesem war es nur jene Stelle, jene Stelle mit den Wespen und auch nur, weil der Falter sich in sie hinein verirrt hatte. Nachdem ich das Buch mit der Welle auf dem Einband und den Wespen auf den letzten Seite zugeschlagen an seinen Platz auf meinem Stapel gelegt hatte, ging ich noch einmal zu der Klappe, öffnete sie und sah in die Finsternis dahinter, dann holte ich das Buch und war versucht, es dem Konservengrab hinterher zu werfen. Aber der Gedanken, es nie mehr wieder zurück zu bekommen hielt mich davon ab. Stattdessen ließ ich es an Ort und Stelle fallen und ging zu Bett. Es war erst fünf Uhr, aber ich fühlte mich müde und erwachte um zehn, aß etwas, nahm das nächste Buch zur Hand. Noch eine Welle, blau und weiß und darauf ein braunes Schiff mit beigen Segeln. Ich wusste auch damals schon, was ein Schiff war und was Segel. Das Konzept eines Ozeans schien mir noch unbegreiflich, aber ich akzeptierte es, weil ich verstand, wie wichtig es war und wie häufig es auftrat. Wasser so weit das Auge reichte. Wie weit wohl ein Auge reicht? Bei diesen Worten fühlte ich mich beengt, aber nicht von den grauen Wänden, sondern von der Dunkelheit, von der Blindheit. Könnte ich nur so schnell zwischen den Regalen durchlaufen, um alle Bewegungsmelder zugleich auszulösen. Ich verwarf den Gedanken. Seine Unmöglichkeit erschien mir ungesund.

22.

Ein Jahr, sagte man uns als wir noch Kinder waren und als wir noch viele waren im selben Raum und ich noch nicht allein, *ein Jahr hat dreihunderfünfundsechzig Tage. Ein Tag, das sind vierundzwanzig Stunden — also zwei Mal die Uhr.* Ich fragte damals, warum wir nicht eine größere Uhr hätten, damit es nur eine Uhr pro Tag bräuchte. Damals bildete ich mir ein, eine Uhr müsse weggeworfen werden, wenn sie einmal abgelaufen war und es kam mir ganz furchtbar verschwenderisch vor, ständig neue Uhren aufzuhängen. Ich war mir dessen sicher, obwohl ich nie gesehen hatte, wie die Uhren in G-12 ausgetauscht wurden.

Einhundert Jahre leben die Menschen, sagte man uns. Manche etwas weniger, andere eine Spur mehr. Ungefähr einhundert Jahre und somit, das berechnete ich selbst, dreiundsiebzigtausend Uhren. Das kam mir so schrecklich kurz vor und jetzt, da ich an meinem Schreibtisch sitze und berichte, fühlen sich die vergangenen Monate bereits an als hätte man fünfzigtausend Uhren gewechselt. Natürlich weiß ich mittlerweile, dass eine Uhr sich immer und immer weiter zu drehen im Stande ist und es die Uhr nicht im Geringsten kümmert, wenn die dreiundsiebzigtausend Umdrehungen eines Menschen vorüber sind. Man empfahl uns damals nicht mitzuzählen, wie alt wir seien. Bis wir erwachsen seien, würde jemand anderes das übernehmen und wenn wir einmal unserer Pflicht übereignet würden, hätte es überhaupt keinen Zweck zu wissen, wie viele Jahre vergingen bis man zu alt und zu schwach oder zu dumm sei weiter der Pflicht zu dienen. Auch das würden wir von anderen erfahren. Ich habe trotzdem mitgezählt. Mein fünfunddreißigster Geburtstag fiel mit dem Tod des Falters zusammen. Ob er womöglich bereits hundert Jahre alt gewesen sein mochte? Natürlich war ich mir des exakten Tages meiner Geburt nicht sicher. Ich zählte die Jahre von dem Moment an, an dem man mich beiseite genommen, mich vom Kinderstrom vor dem Klassenzimmer abgezweigt hatte, um mir zu unterbreiten, dass ich von nun an Bibliothekarin sei. Ich nenne uns Kinder, weil wir nicht erwachsen waren. Eigentlich aber waren wich auch keine Kinder. Fünfzehn Jahre alt war ich damals, auch wenn ich es bis zum Moment meiner Abzweigung nicht wusste. Wenn ihr erwachsen seid, sagte man uns, das heißt, wenn fünfzehn Jahre vergangen sind, dann werdet ihr eure Pflicht erfahren. Mehr als mein halbes Leben war ich also hier, in der Bibliothek. Unvorstellbar, wie viel schneller die erste Hälfte vergangen war. Wir Kinder spielten um die Betten, versteckten uns darunter, formten Puppen aus dem Bettzeug und jagten einander. Welch wunderbare Welt der Schlafsaal gewesen war. Sechs Stunden im Klassenzimmer fielen in unserem Leben kaum ins Gewicht, waren wir doch auch dort zusammen und hatten wir doch ebenso Spaß daran, uns aneinander zu messen. Jeden Morgen wurden die Testergebnisse des Vortags an die Tafel geschrieben und die besseren lachten über die schlechteren. Wie die sich fühlen mochten, konnte ich mir nie ausmalen. Ich wollte nicht darüber nachdenken. Wenn es sie verletzte, so war spätestens bei unseren wilden Jagden im Schlafsaal alles wieder vergeben. So bedeutsam waren Schulnoten nicht. Man sagte uns schließlich nicht einmal, warum wir sie bekamen. Um euch kennen zu lernen, sagte man. Um euch zu erkennen und um euch zu verstehen. Was hieß das schon gegen ein Spiel mit Regeln und Siegern, ja manchmal sogar Preisen? Das erste Jahrzehnt meines Lebens mit den Freunden, deren Namen ich vergessen musste, war ein simples. Ich schweife wieder ab und meine Jugend tut hier nichts zur Sache.

23.

Das Gartenfest war ein Geburtstagsfest. Die Wespen hatten es beendet und das Geburtstagskind war im Haus umher geeilt, um sich persönlich bei jedem einzelnen Gast zu entschuldigen. Man hätte es vorhersehen können, man hätte Schalen mit

Essig im Garten verteilen können, um die Wespen fern zu halten. Innerlich fragte er sich, woher der Wespenschwarm überhaupt gekommen war. Wespen lebten nicht in Schwärmen und doch hatten sie jenen Nachmittag gewählt, sich ihrer Natur zu widersetzten. *Wespen* – schrieb ich und – *nicht in Schwärmen.* Darunter schrieb ich – *Schwarm* – und nach einem Moment des Abwägens – *eine große Zahl von Insekten.* Insekten in Klammern und mit Fragezeichen. Hatte ich nicht bereits von einem Fischschwarm gelesen? Ich schlug es nach. Tatsächlich da stand es: *Fischschwarm – große Zahl von Fischen.* Fische nicht in Klammern und ohne Fragezeichen. Ich versah den Eintrag mit einem Verweis. Als ich aufsah, überschritten gerade der Sekundenzeiger, der Minutenzeiger und der Stundenzeiger zeitgleich die Zwölf. Mein Geburtstag endete mit dem Wort *Schwarm.* Ein gutes Wort.

24.

Es war an der Zeit, inne zu halten. Am ersten Tag meines sechsunddreißigsten Lebensjahres sammelte ich all meine Ordner, schaffte sie in den Korridor und reihte sie von dem Tischchen an den Rohren entlang der Wasserleitung auf. Sechs waren es. Nur sechs Ordner und so viele Wörter darin. Hätte ich ein jedes Wort zu Ende erklärt und all seine Möglichen Kontexte verzeichnet, wären die Ordner bis ans Ende des Ganges, weiter an der schmalen Breitseite und zurück zu den Rohren gestanden. Ich befürchtete, dass sie es auch so irgendwann würden. Vielleicht konnte ich lernen, meine Handschrift zu zähmen, ihr kleinere Zeichen abzuzwingen. Ich schrieb, wie ich es gelernt hatte. Exakte Zeilenhöhe. Sparsam doch lesbar. Lesbar konnten aber auch viel kleinere Wörter sein. Vor allem, wenn es meine eigenen waren. Meine Handschrift hatte man jahrelang gepriesen. Sie allein war der Grund meiner Pflicht. Einen Moment lang plagten mich Gewissensbisse. Meine Pflicht. Meine Pflicht, Listen zu schreiben, die Namen der Bücher und die Namen der Autoren, alles, was auf den Einbänden zu finden war, zu verzeichnen und das Gelistete weiterzuleiten. Aber dieses »Weiter« war ein schwarzes Loch in meiner Wand, kaum anders als das Loch meiner Toilette. Nichts kam jemals zurück, nicht wie aus den Rohrpostrohren. Wüsste ich nur, dass am anderen Ende des schwarzen Loches jemand stand, könnte ich mir nur sicher sein, und sei es nur ein einzelner Mann alleine an einem Ort namens F-24, der die Ordner aus seinem eigenen schwarzen Loch entgegen nahm, sie einem mechanischen Arm übergab, der sie an ihren Platz in einem unendlich langen Regal brachte. Dieser Mann musste unerträgliche Schmerzen leiden. Rückenschmerzen. Aber wenn die Pflicht alles war und nichts möglich war als dass die Pflicht erfüllt würde, dann war es wohl nun unbestreitbar meine Pflicht zu tun, was ich mich entschieden hatte zu tun. Hätte man mich sonst nicht bereits aufgehalten? Wäre ich nicht verschwunden? Damit befriedete ich mein fehlgeleitetes Gewissen und besah mir meine sechs Ordner. Neue Wörter. So viele neue Wörter. Nun für eine Weile zu den alten. Eine Woche nur wollte ich mich vom Lesen abhalten, um alles aufzuschreiben, das ich bereits zuvor gekannt hatte. Ein Lexikon des Schlafsaals und eine Chronik meines Klassenzimmers.

25.

Eintausend. Nicht ganz. Neunhundertvierundfünfzig. Ein Ordner und noch Platz für zusätzliche Seiten. Unnötiger Platz. Das war alles – kurze Wörter eingeschlossen: Ich, und, er, sie, es. Hätte ich das Lexikon vor einem Monat erstellt, hätte mich die Zahl überwältigt. Neunhundertvierundfünfzig – außer

Büchern hatte sich nichts in dieser Anzahl je in mein Leben verirrt und selbst die Bücher waren damals noch viel weniger gewesen. Sie waren eins gewesen, eine Einheit – *das* Bücher – und teilten sich bloß entzwei, wenn der nun ruhende Arm einen Band vom Regal nahm, um sie mir vorzusetzen. Das Bücher und das Buch und dann wieder bloß das Bücher, bis der Mechanismus es wieder teilte. Ein paar Räume, ein paar Menschen, ein Lehrer, ein paar Schwestern und die Ärzte, die ich hinter verschlossenen Türen wusste. Manchmal ein Baby und immer eine handvoll Betten – zehn Proteinwürfel auf meinem Teller und vier Rollen Toilettenpapier in der Bestellung. Auch das Papier, auf dem ich schrieb, war das Papier und nicht unendlich viele Blatt. Neunhundertvierundfünfzig Kombinationen, um alles zu beschreiben. Die Welt. So weit war sie geschrumpft, musste sie geschrumpft sein. Wie konnte es sonst *dieses* Bücher geben? Es war eine fruchtbare Anstrengung gewesen. Ich kannte den Weg und wusste auch, dass ich ihn nicht auf diese Weise, schreibend, verweisend, kritzelnd zu Ende gehen konnte. Nicht hetzen – spazieren musste ich oder ein Falter sein.

26.

Diese Dunkelheit treibt und trieb mich in den Wahnsinn. Nicht tatsächlich. Ich verlor nicht den Verstand, nur die Ruhe, die ich einmal gehabt hatte. Eines Nachts, als ich zu Bett ging, weigerte sich meine Hand an der Schnur zu ziehen. Ich ließ das Licht in meiner Kammer an und fühlte mich beim Erwachen als hätte ich nicht geschlafen. Meine Träume waren unruhig gewesen und das Leintuch unter mir fleckig vom Schweiß. Ein Gartenfest bei Sonnenlicht, spät am Abend, doch es ist Sommer und der Himmel – was war bloß ein Himmel – orange, dann rot, noch hell genug. Stundenlang gleißendes Licht und dann blaue Finsternis, nicht schwarz und nicht vollkommen. Das einzig Vollkommene in der Bibliothek waren die Finsternis meiner Kammer und die Finsternis zwischen den Bewegungsmeldern und diese kannte ich kaum. Nur einmal war alles Licht verloschen. Das war Vollkommenheit und selbst in sie hatte sich der Lichtstreif aus der Mauer geschlichen. Doch nicht vollkommen. Nur scheinbar. Ich war scheinbar allein, obwohl nicht mehr als drei Meter zwischen mir und F-24 sein konnten und nicht mehr als tausend zwischen G-12 und F-23. Diese unsäglichen Mauern und diese unsäglichen Schleusentore, die keine waren. Sie ließen sich ja nicht einmal öffnen, nicht von mir und nicht von wem auch immer auf der anderen Seite. Nur die Pflicht öffnete Türen. Ich schämte mich, den Falter in der Dose eingeschlossen zu haben. So weit von der Leuchtstoffröhre, die zu umschwirren er liebte. Zu spät und gleichgültig war es. Wer weiß, ob es nicht am Ende des Schachtes viel heller war als hier. Vielleicht war die Dose bei ihrem Aufprall zersprungen und der Falter in dieses Licht gekullert, auf tausend Ordner, und lag dort noch. Wieder ans Werk. Ein Buch, um neue Vorstellungen zu erzwingen und neue Listen. Vielleicht dachte ich auch erst viel später an die Dunkelheit des Insekts in der Dose. Ich erinnere mich nicht.

27.

Da stand über dem Titel: *Johannes Weinberger*. Zwei bis drei Namen schienen üblich unter Schreibenden oder jenen, die geschrieben hatten. Unter dem Titel stand: *Roman*. Das glaubte ich bereits zu verstehen. Eine lange Geschichte – einfach gesagt. Ganz unten zentriert stand kaum lesbar: *luftschacht*. Das siebte Buch glaube ich, womöglich auch das achte. Warum erzähle ich von diesem Buch? Ich erwähne es, weil es mich beeindruckte. Schon am Ende des Gartenfestbuches stellte sich in mir das Gefühl ein, etwas verstanden zu haben. Erstmal sah ich vor mir klare Bilder, wenn auch manches daran abstrakt blieb. Ich wusste was ein Garten war, was ein Fest, was ein Pavillon, was Wespen, und trotzdem kannte ich nur ihre Form, so wie ich sie mir vorstellte. Wie nah oder fern ich der Wahrheit war, blieb meiner eigenen Spekulation überlassen. Abstrakt oder nicht: Das Bild war endlich ein Ganzes, kein Schleiertanz, bloße Ahnung von Dingen. Was in dem Buch geschah und warum, was gefühlt und gedacht wurde, war mir näher als die blanke Verwirrung des Bahnhofs in Moskau und des betrunkenen Reisenden. Dann kam der Falter und mein Lexikon der Jugend und dann dieses Buch mit dem nackten Mann und dem kleinen Geschöpf an seiner Hand und es raubte mir mein fragiles Verständnis. Wenig Kohärentes enthielten die Zeilen, eine Logik, die mir noch ferner war als die unbekannten Worte. Wären die Worte nur unbekannt gewesen, ich hätte sie noch entschlüsselt. Doch sie waren nur allzu bekannt. Aber die ihre Anordnung war mir fremd … und doch nicht. Die Grammatik des Geschriebenen, die Substanz eines einzelnen Satzes, für sich vollkommen im Rahmen einer Normalität, die es einmal gegeben haben mochte, nicht unähnlich dem Gartenfest oder der Reise des Trinkers. Aber reihte man diese Sätze und Seiten und Kapitel aneinander, verloren sie sich in nicht mehr als einer Ahnung von dem, was vor sich ging – einer vagen Ahnung. Das mag unerträglich klingen. Trotzdem legte ich den Roman nicht aus der Hand, bis ich ihn fertig gelesen hatte und die Augen kaum noch die letzte Zeile fokussieren konnte. *Hey, Freiheit!* – stand da und ich schlief ein. Das Buch fiel mir ins Gesicht ohne mich zu wecken.

28.
Mir entwischt ein abgerissenes Lachen aus meinem Zwerchfell, weil ich so hungrig bin. – steht da. Ich verstehe es und weiß nicht, was es heißt. Hunger kenne ich gut. Die Rationen sind nicht genug, nie genug, um mehr als satt zu sein. Und satt nur für den Moment. Nur die heute leeren Dosen zeigten mir, dass der Normalzustand Hunger war. *Zwerchfell* – schrieb ich und – *Das Körperteil, wo das Lachen sitzt.* Ich wusste, was Lachen war und konnte mir auch vorstellen, wie ein Lachen abreißt. Kinder lachen auch, wenn man ihnen nicht beibringt zu scherzen. Dennoch verstand ich nichts, als dass der Mann krank war und sein Arzt ebenso und die Welt um ihn herum, genau wie meine, fern dessen, was anderswo geschrieben stand. Vielleicht war dieses Buch nicht so alt wie die anderen, vielleicht war es an der Schwelle entstanden, war ein Bericht über den Übergang der Welt der Bücher in meine Welt. Aber dann las ich die Zahl auf der ersten Seite, die auf allen ersten oder zweiten Seiten zu finden ist. 2011. Eine Jahreszahl, das hatte ich herausgefunden, als man im vierten Buch, einer Geschichte über die Seefahrt, von dem Jahre des Herren geschrieben hatte. Ich wusste nicht welches Herren und erinnere mich nicht mehr an das Jahr. 2011 also. Viel später als Jorfejews Zugfahrten und früher als der glückliche Tod des scheinbar Pflichtlosen. Das erinnerte mich, dessen Geschichte noch einmal zu überprüfen, wie ich es mir vor Wochen vorgenommen hatte. Ich machte eine Notiz und legte das siebte oder das achte Buch beiseite. Sollte ich auch zu diesem zurückkehren, irgendwann, wenn ich mehr verstand? Ich drehte mich um und blickte an de endlosen Regal entlang, bis es sich im Dunkel verlor. So viele. Nein, nur ein Schritt zurück und dann bloß noch vorwärts.

29.
Wenn Sie sich mein Leben in jenen Tagen vorstellen, müssen Sie bedenken, dass es Ihnen, so hoffe ich, kaum akkurat gelingen wird. Ihr Dasein muss sich so radikal von meinem entscheiden, vielleicht müssen Sie selbst meine Wörter nachschlagen oder sogar eine eigene Liste mit ihren eigenen Definitionen und Verweisen erstellen. Sie leben ganz bestimmt nicht in einer Abteilung. Ihr Zuhause hat weder Nummer noch Buchstabe. Sie leben im Freien und seit diesem Moment, diesem Schreibmoment, sind viele Jahre, vielleicht hundert Jahre – ein Menschenleben – vergangen. Das sollten Sie sich vor Augen führen, während sie meine Mitteilung lesen – womöglich ist es für Sie ein Roman oder eine Erzählung oder ein Poem oder Sie geben Texten in ihrer Zeit ganz andere Namen. Ich bin mir sicher, dass Sie verstehen, was ich schreibe. Einige Ausdrücke mögen Ihnen fremd sein, einige Sätze völlig sinnlos, aber Sie wissen, was ich meine. Eben diesen Punkt hatte ich mit dem Gartenfest erreicht und mit dem Buch des Wahnsinnigen wieder in Frage gestellt. Erstaunlicherweise bestärkte mich meine Verwirrung in der Annahme zu verstehen. Wenn ich begriff, was Wahnsinn war und was – mangels eines besseren Wortes – Normalität, dann musste das bedeuten, dass ich mich dem Verständnis zumindest näherte.

30.
Ich kehrte nicht gleich zurück zu dem Roman des glücklichen Toten. Das Buch lag bereits wieder auf meinem Kissen. Es war aufgeschlagen und an seiner Seite die zugehörige Liste. Ich zögerte, mich hinzulegen, mein Gesicht in den Seiten zu vergraben, zu lesen, bis meine Uhr hilflos den Morgen ausrief und ich endlich einschlafen würde. Erst war ich nicht sicher, was mich

abhielt. Unstet lief ich den Korridor auf und ab. Dann hielt ich inne, lugte durch die offene Tür in meine Kammer, betrachtete das Buch und trat doch nicht ein. Bald schon konnte ich die Stille nicht mehr ertragen und setzte meine Schritte fort. Auf und ab und ich klopfte mit den Knöcheln an die Wasserleitung. Ein hohler Glockenton. Wir hatten eine Glocke. Der Lehrer schlug sie, um uns zur Ruhe zu bringen. Sie war viel zu groß für das Klassenzimmer, eindringlich und aggressiv. Wir kippten sie wie aus Versehen eines Morgens um, sodass sie erst gegen die Tischkante und dann gegen den grauen Fußboden schlug. Von da an hatte sie einen Sprung und gab dermaßen verwundet bloß noch erbarmungswürdige Klänge von sich. Hohl wie das Rohr oder umgekehrt. Mit jedem Knöchelschlag rückte die Antwort näher. Erst kam die Frage: Warum lese ich nicht, wo ich doch immer lese? Dann: Warum will ich nicht lesen? – oder: Warum traue ich mich nicht zu lesen? Eine Länge hin und zurück. Ich stieß mit dem Fuß gegen meine Ordner und sie fielen wie Dominosteine – ein Spiel aus der Zeit der Bücher. Ich baute die Reihe wieder auf, rückte sie enger zusammen und stellte an ihre Enden jeweils einen meiner Stiefel. Hin und zurück. Diese Kühle zwischen den Zehen, der vernarbte Grund. Meine Füße fühlten sich frei. Warum trug ich diese Stiefel überhaupt? Weil man es mich so gelehrt hatte. Nie wieder! Das waren überhaupt keine Stiefel mehr. Das waren Buchstützen. Ich lenkte mich ab, verwirrte mich selbst, lockte meine Gedanken in die Irre, fort von der Frage. Ich hatte sie schon fast vergessen, erinnerte mich gerade noch, sie gestellt zu haben, aber kaum noch warum. Warum? Warum? Warum tue ich etwas nicht? Lesen? Ja, warum lesen? Und warum nicht? Noch einmal – das war die Frage! Ja, warum noch einmal lesen? War es so wichtig zu verstehen? Steckte in den Seiten etwa noch mehr als ich bereits gelesen hatte? Auf jeden Fall mehr als ich verstanden hatte. Was ich verstanden hatte, hatte ich genossen. Was, wenn ich es nun nicht mehr genießen konnte? Was, wenn alles anders war und meine Erinnerungen an den glücklichen Toten mich betrogen? Sollte ich das riskieren? Eine Frage beantworten, um einer älteren willen? Ich hatte es mir vorgenommen, aber das band mich doch nicht daran. Ich hielt mich nicht mehr an meine Pflicht und da sollte ich mich an die Ideen meiner Vergangenheit halten? Ja, sollte ich. Weil es mich, wenn ich nun so darüber nachdachte, unheimlich neugierig machte. Noch einmal von vorne: »Es war einmal ein Spät …«

31.

Welch allumfassende Gefangenschaft! *Gefangenschaft*, ein Wort, das ich erst kürzlich entdeckt hatte. Es beschränkte sich nicht darauf, wie ich zuerst vermutet hatte, auf engem Raum eingesperrt zu sein, umgeben von Gittern und ernährt von Brot und Wasser. Die Größe des Ortes war bedeutungslos und auch beschränkte sich der Begriff nicht auf den Körper. In einer Zeile im Buch des Gartenfestes hatte ich gelesen, dass jeder ein Gefangener sei. Das wurde dem Wort nicht gerecht und beleidigte den Gefangenen. Nein, Gefangenschaft war etwas anderes und nun nachdem ich die Geschichte des glücklichen Toten ein zweites Mal gelesen hatte, glaubte ich zumindest dies verstanden zu haben. Damals war ich mir sicher und auch heute noch steht es an erster Stelle der Liste von Wörtern, deren Bedeutung nicht länger in Frage steht.

Aber nicht nur das. So viel Gefühl, so viel Schmerz und Freude in einem schreibenden Herzen. Selbst jetzt, da ich dies niederschreibe, Ihnen mitteile, muss ich an den Worten des glücklichen Toten zweifeln. Glücklich war er nur am Ende und eine Weile, als ihn sein Leben einen Atemzug lang aus dem Schmerz auftauchen ließ. Es war nicht das Leben. Es war sein Gehirn, ein Glück, dass in ihm war und ihn lähmte. In diesem Buch waren alle gelähmt und getrieben, wurden auf und ab geworfen, wie ... ja, wie ein Buch oder wie die Glocke auf dem Schreibtisch des Lehrers. Ich kenne Emotionen, kenne die Gefühle, die natürlichen, die zwanghaften, wie der Lehrer sagte, wegen derer man irgendwann die Mädchen von den Jungen trennte, den Schlafsaal spaltete, ein Paravent zwischen ihnen errichtete. Seit ich Bibliothekarin bin oder eigentlich schon seit der Spaltung des Saals habe ich diese Gefühle kaum verspürt. Auch unsere Stunden im Klassenzimmer waren geteilt. Acht Jahre lang nicht und dann, am Tag unserer Geburt – wir waren alle gemeinsam geboren – am zwölften Jahrestag wurden wir Mädchen geweckt und die Jungen schliefen weiter. Wir sahen sie nie mehr, nur durch den transparenten Stoff des Paravents. Wir hörten sie miteinander reden, lachen, laufen, raufen und sie hörten von unserer Seite dasselbe. Wir sprachen nicht mit ihnen. Das war verboten und damals hielt ich mich an Verbote. Drei Jahre ging das so, bis ein Drittel der Mädchen und ein Drittel der Jungen – es war exakt ein Drittel, das zählte ich mit, obwohl ich nicht gut rechnen konnte – zu den Ärzten gebracht wurde und ... nein, das stimmt nicht. Wir wurden alle zu den Ärzten gebracht. Die Ärzte zogen unser Blut mit Spritzen aus unseren Armen und arbeiteten mit Wattestäben zwischen unseren Beinen und sahen uns tief in den Mund und fuhren mit Maschinen über unsere Bäuche und schickten uns zurück in den Saal. Erst dann wurden diese beiden Drittel, die gemeinsam doch weniger als die Hälfte waren, noch einmal abgeholt. Sie kamen nicht zurück und der Lehrer erklärte uns, sie hätten ihre Pflicht gefunden. Sie waren die ersten von uns, die ihre Pflicht fanden und wir waren voller Neugier. Weil es ein so gewichtiger Tag war, gestattete der Lehrer uns Fragen zu stellen. Wohin gehen sie? Sie nehmen den Aufzug nach W-17. Was ist dort? Ihre Abteilung. Was ist ihre Pflicht? Zu fühlen. Sie sollen sich lieben. Der Lehrer verzichtete darauf uns zu erklären, was das hieß – sich lieben und fühlen. Vielleicht wusste er es nicht. Er war schließlich Lehrer. Seine Pflicht war nicht, es zu wissen. Vielleicht durfte er es nicht. Ich war so neidisch auf die zwei Drittel. Was sie taten schien mir so abenteuerlich. Von da an rückten die Wände des Schlafsaals jede Nacht näher. Als ich das Buch des glücklichen Toten las, der verfault war, der keine Beine und keine Arme hatte, dessen Liebe ihn so lange leiden ließ, taten dies auch die Mauern meiner Kammer. So eng wurde es mir, dass ich ohne mich anzukleiden – ich hatte damit begonnen, mich vor dem Schlafen auszuziehen, weil es verboten war – nackt in die Bibliothek rannte. Es war nicht kalt. Es war nie wirklich kalt. Trotzdem fröstelte ich. Ich sah es auf meiner Haut. Ich fiel auf die Knie, kippte vornüber und stütze mich mit den Ellbogen auf den Bücherberg zwischen den Regalen. Was war dieser Schmerz? Warum tat mir dieses Buch so weh? Es lag auf meinem Kissen und biss in mein Herz, biss in meine Arme und Beine. Warum neide ich nun dem Toten? Was neide ich ihm? Seine Gefangenschaft? Seinen Schmerz und seine Hilflosigkeit? Nein. All diese Dinge besaß ich auch. Neidete ich ihm überhaupt etwas? Oder erkannte ich bloß zum ersten Mal meinen eigenen Besitz? In meinen Taschen lagen Schmerz und Schwäche und ein Gefängnis. Diese große Halle mit ihren endlosen Regalen war mein Kerker, der sich hinter Pflicht verbarg und das Tor, durch das ich einmal gekommen war, würde sich lange nicht öffnen. Ich hatte den Aufstand gewagt, hatte die Pflicht zum

Teufel gejagt und niemand war gekommen, um mich zu bestrafen. Vielleicht war das überhaupt kein Glück, vielleicht war es der Pflicht gleichgültig, ob ich meinen winzigen Teil der Arbeit aufgab. Vielleicht war die Pflicht geduldig und konnte auf meine Ablösung warten und darauf vertrauen, dass nicht jeder meinen Mut besaß. Und bis dahin verrann nur für mich das Leben. Die Pflicht, die große Aufgabe der Bibliothekare, war nicht auf ein Menschenleben beschränkt. Dreiundsiebzigtausend Uhren blieben mir – nicht einmal das. Ich rollte mich auf den Büchern ein, deckte mich mit ihnen zu, bedeckte meinen nackten Körper mit den Seiten, die rissen und mir in die Haut schnitten. Der Staub drang in die Wunden. Dieser Schmerz und trotzdem Neid. Liebe. So wundervoll und ich wusste nicht genau, was es war. Ich notierte das Wort in meinem Kopf, so wie ich es schon in meinen Listen notiert und unzureichend erklärt hatte. *Liebe* – hatte ich geschrieben – *Zuneigung zu jemandem*. Das war alles. Mehr stand da nicht. Nach dieser Lese- und Trauernacht wusste ich, dass das nicht alles sein konnte. Aber das traf auf so vieles zu.

32.

Am nächsten Morgen, als ich beschloss, dass es Morgen war, erhob ich mich von den Büchern und hob eines davon auf, um es nach dem Essen zu lesen. Der Schmerz war im Schlaf versiegt. Es ging mir besser. Ich hatte entschieden, dass es mir besser ging. Wer wusste wie viele Worte es gab, die mich noch in Verzweiflung zu stürzen imstande waren. Gefangenschaft. Liebe. Der glückliche Tote hatte sie mir gezeigt und ich musste sie als Gewinn betrachten. Ich hatte gerade erst die Pflicht überwunden und an ihre Stelle einen Willen gesetzt. Ein Schritt nach dem anderen. Gefangenschaft beiseite und Liebe noch viel weiter fort. Das Buch des glücklichen Toten aber ließ ich unter meinem Bett. Es durfte nicht auf den Stapel. Dafür war es zu wichtig. Auch Jerofejew lag dort, weil er mein erster war, und das wahnsinnige Buch. *Hey, Freiheit!* Ich öffnete eine Ration, wusch mich, zog mich an und legte mich zurück ins Bett.

33.

Es war müßig, noch weiter über meine Gefangenschaft zu brüten. Jeder von euch wird früher oder später seine Pflicht finden, an den Ort dieser Pflicht gehen und dort bleiben solange er in der Lage ist, sich ihr zu widmen, hatte der Lehrer zu uns gesagt. Die Bibliothek war erst zum Gefängnis geworden, als sie aufhörte der Ort meiner Pflicht zu sein. Ohne Pflicht kein Ort oder keine Identität für den Ort. Aber dem Ort war es egal. Er war. Und wenn es ihm egal war und ich ihn, sein stählernes Tor, nicht überwinden konnte, dann musste es auch mir egal sein, wollte ich mich nicht von ihm und von der bereits bezwungenen Pflicht überwältigen lassen. Kein Gefängnis also – ein Zuhause, die ganze Welt und fünfunddreißig Millionen Geschichten. Meine war wohl die größte aller Welten. Ganz bestimmt größer als der Schlafsaal und der Klassenraum und bestimmt größer auch als das Archiv am Ende des Schachts.

34.

Das nächste Buch, das ich las, war kein Roman und auch kein Band voller Geschichten. Es war ein schmales Heftchen voller Poesie. Gedichte, die ich lange nicht verstand. Ich las die Zeilen, erkannte, wann immer ein Wort sich mit einem anderen reimte, aber ansonsten blieb der Band mir ein Mysterium. Es ging um Gefühle, dann ging es um Bilder, dann um eine Idee, doch weder konnte ich sagen um welche Bilder, noch um welche Idee und auch nicht um welche Gefühle. Ich konnte es nur fühlen, aber das befriedige mich nicht. Weniger als alle anderen Bücher zuvor erlaubte mir das Heft meinen Listen Gewissheiten hinzuzufügen. *Was ist Poesie?* – stand am Beginn der ersten Seite und dann keine Antwort. Trotzdem genoss ich und das gesamte Heft zu lesen kostete mich kaum eine Stunde, da mich keine Einträge von der Lektüre abzuweichen zwangen. Da stand: Ich bin eine Insel. *Eine Insel war ein Stück Land umgeben von Wasser. Unter freiem Himmel soll es so etwas geben, gegeben haben, was auch immer.* Himmel. Wolkenhautfarmgabelhoffnungraum. Wolken gab es am Himmel, das stand in meinem Lexion. *Wolken sind weiß. Wolken können grau sein, aber meist sind sie weiß. Der Himmel ist über allem auf der Welt. Auch irgendwo über meiner Bibliothek.* Man hatte uns im Klassenraum so einiges beigebracht. Wörter wie Beton, Bett, Decke, Lampe, sogar Buch und Himmel. Gerade Himmel war uns allen damals ein Rätsel gewesen. Warum Himmel, wenn es etwas war, das uns nicht begegnen würde. Warum Himmel, wenn wir noch nicht einmal das Wort Zuhause kannten. Das lehrte man uns später. Zuhause. Dort wo wir schlafen und dort wo wir immer sind. Himmel war ein abstraktes Wort. Der Begriff für ein Konzept – wie Pflicht. Etwas, was da war aber nicht wirklich. Ob ich mich auch dem Himmel verweigern konnte? Für mich gab es keinen Himmel, anders als für die Figuren in den Büchern und das Ich in der Poesie, die voll von Begriffen steckte, die nicht wirklich etwas benannten. Nur konnte ich sie nicht sicher unterscheiden. All das und mehr ging mir durch den Kopf und als es mich zu schmerzen begann, legte ich das ausgelesene Heft beiseite, auf den Stapel und dachte darüber nach, warum man uns neben *Beton, Bett, Decke, Pflicht, Tafel,*

Tisch, Sessel – ich versuchte alle Wörter aufzuzählen, die ich vor meiner Rebellion gekannt hatte – auch *Himmel* gelehrt hatte. Dann dachte ich an *Himmel,* obwohl ich gerade das nicht gewollt hatte.

35.
Nach der Poesie kam wieder ein Roman. Bevor ich auch nur ein Wort dieser Geschichte las, griff ich mir eine Hand voll Bücher aus einem der Regale, schlug sie auf und las, Roman, Roman, Roman, Roman, Roman, Erzählungen. Keine Poesie. Es war also nicht bloß Zufall gewesen, dass ich nach Wochen, meine gesamte bisherige Rebellion über, erst gestern auf Gedichte gestoßen war. Sie waren in der Unterzahl. Dieses ungleiche Verhältnis war mir früher nicht aufgefallen. Noch erfreute ich mich diese Erkenntnis, weil ich es genoss Geschichten zu lesen, obwohl ich eine Ahnung hatte, dass es auch in der Poesie etwas zu entdecken gab. Dann zurück zum Buch, dem nächsten, dem übernächsten und so vergingen weitere Wochen.

36.
Ich muss gestehen, dass ich Sie angelogen habe, was die Zeit betrifft. Ich habe keine Tage gezählt, keine Wochen, kaum die Stunden, ab dem Moment als ich das erste Mal nicht zur Arbeit erschienen war. Ich weiß also nicht, ob es einige oder viele Monate waren, die ich im stetigen Hin und Her zwischen den Regalen, meinem Schreibtisch und meinem Bett verbrachte und mit dem Hin und Her zwischen Büchern und Listen. Ich habe zu Beginn und wohl auch später noch einmal behauptet, dass so viele Tage oder so viele Wochen vergangen wären. Grundlos habe ich aber nicht gelogen. Ich wollte Ihnen etwas geben, woran Sie sich festhalten können. Ein Gerüst, da meine

Welt ihnen womöglich so fremd sein könnte wie mir die Jerofejews. Es lag also keine böse Absicht dahinter. Das müssen Sie mir glauben. Glauben Sie mir auch, dass die Zeit, in der ich alleine las, wie im Flug – ein Gleichnis, das ich erst seit kurzem kenne und verstehe – verging. Im Vergleich zu den davor liegenden zwanzig Jahren stecken darin so viele Erinnerungen, die, und sei es nur in Gedanken, über die Bibliothek hinausgingen, dass ich versucht bin einfach fortzufahren und Ihnen hunderte Seiten lang weiter von jedem Roman, jeder Geschichte, jedem Reisenden und dessen Abenteuern zu berichten. Ich habe auch bereits damit angefangen, habe gerade eben, da ich dies hier schreibe, fünf Blatt Papier aus dem Stapel gezogen und beiseite gelegt. Ich wiederhole mich und obwohl ich selbst diese Wiederholung liebe, weil es für mich keine ist, beschränke ich mich. Was ich schreibe, dient einem Zweck, hat die Pflicht – und ich sehe die Ironie darin – etwas zu berichten, weil ich es so will, weil das hier mein Buch ist. Als ich diese Entscheidung traf, mich selbst zu beschränken, auszulassen, habe ich etwas über Bücher gelernt.

37.

In jener Zeit geschah nicht viel außer in mir, außer im Korridor, der sich mit Ordnern füllte. Eine ganze Runde drehten sie bereits. Eine Runde aus Verständnis oder Annäherung. Körperlose Bedeutungen. Verständnis ohne Subjekt. Alles folgte einer neuen Routine, die schon beinahe nicht mehr neu war, aber stets noch vielfach befriedigender als die alte. Auch meine Entdeckung des Wortes *Befriedigung* fiel in jene Zeit. Es stand in der Mitte eines belanglosen Satzes und stach umso deutlicher hervor. Es ließ mich seither nicht mehr los. Glauben Sie mir, dass ich es nicht leichtfertig verwende.

Ich lernte, was Lust ist und befriedigte sie mit der eigenen Hand, wie ich es bereits zu Beginn mit dem Hunger getan hatte und nun nicht mehr konnte. Ich lernte was, lernte dass, lernte den Namen von und … Ich lernte viel und lerne immer noch mehr. Ich kehre zu diesen Dingen zurück, sollten sie sich aufdrängen oder sollte ich erst später erkennen, dass etwas relevant sein könne. Nun aber fühle ich eine Unruhe. Sie drängt mich den nächsten Schritt zu gehen, einen weiten Satz über alle diese Dinge zu wagen.

38.
Zwischen »sein könne« und »Nun« habe ich eine Pause gemacht. Ich bin eingeschlafen, habe alles noch einmal gelesen, was ich schon geschrieben habe, und muss sagen, ich bin stolz. Ich bin besser darin geworden zu erzählen, Sätze zu bauen, Worte zu legen. Ich gebe zu, Sie in die Irre geführt zu haben. Ich habe versucht, Ihnen weiß zu machen, dass ich hier sitze und all dies in einem schreibe, fiebernd und ohne Unterbrechungen. Wie oft ich ganze Seiten weggeworfen habe, weiß ich nicht, wie oft Wörter durchgestrichen, Sätze neu arrangiert. Auch deshalb denke ich, nun weitergehen zu müssen. Dies soll lediglich mein Gewissen beruhigen. Von nun an kehre ich zurück zu meiner Illusion.

II. Konstruktion

1.

Wie werden wir geboren? Eine Frage, die wir als Kinder oft an den Lehrer richteten. Wo kommen all die neuen Kinder her? Jeden dreißigsten Tag trugen die Schwestern – alle Schwestern von G-12 – ein bis zwei Säuglinge, die ihre ersten Tage im Zwischenraum der Zelte verbracht hatten, in unseren Schlafsaal und legten sie in ihre Wiegen am hinteren Ende des Raumes. Sie trugen sie an uns gerade erst erwachten Kindern vorüber. Die Babys kamen, wurden einige Wochen lang von den Schwestern vor unseren erstaunten, neugierigen Augen gepflegt und verschwanden dann durch die Tür, durch die sie gebracht worden waren, wurden dahinter, das sahen wir durch das milchige Glas, den Ärzten übergeben. Im Austausch gab man den Schwestern neue Kinder an die Hand, die sodann zu uns geführt wurden, um jene zu ersetzen, die ihre Pflicht gefunden hatten. Nicht immer bekamen die Schwestern Kinder zum Tausch, denn nicht jeden Monat fand jemand von uns seine Pflicht. Wir Kinder waren ähnlichen Alters und wenige von uns fanden ihre Pflicht vor ihrem fünfzehnten Geburtstag. Die Regeln dahinter erschlossen sich uns nicht. Woher kamen die Kinder? Wohin gingen die Babys? G-12 war ein rätselhafter Ort. Viel rätselhafter als F-23 mit seinen Milliarden von dicht beschriebenen und verschlüsselten Seiten. Es war auch nicht unsere Sache zu verstehen wie diese Dinge funktionierten. Wir waren da, um groß zu werden und uns auf unsere Pflicht vorzubereiten. Wie ein Kind gemacht wurde erfuhren wir – nicht wirklich. Technisch erklärte man es uns und beantwortete keine unserer brennenden Fragen. Wir wuchsen von selbst oder ein Körper machte aus sich selbst, einem kleinen Stück eines zweiten und viel Nahrung einen neuen. So ähnlich.

Dass alles, was existierte, kaputt gehen konnte – ich meine nicht den Tod – und repariert werden muss, lernten wir Kinder am eigenen Leib. Wir verletzten uns. Natürlich verletzten wir uns nicht alle, aber hin und wieder stürzte jemand und brach sich einen Knochen. Dann wurde man zu den Ärzten gebracht und repariert. Mir passierte das nie. Ich blieb stets heil, wenn ich fiel. Aber ein Junge, der sich schon zum zweiten Mal etwas gebrochen hatte – er fand früher als andere seine Pflicht – erzählte uns, dass ihm von den Ärzten erzählt worden sei, dass man fast alles, was kaputt war, wieder reparieren konnte.

Da saß ich und dachte an diese Erzählung. Es musste beinahe ein Jahr vergangen sein, seitdem ich Jerofejews Buch aufgeschlagen hatte. Mein Stapel war gewachsen. Meine Listen waren gewachsen und ich hatte sie neu sortiert, weil mir im Meer der angehefteten Notizen der Überblick verloren gegangen war. Den letzten Monat hatte ich damit zugebracht, alles neu zu schreiben, die Notizen in eine Reinschrift meines Lexikons einzubinden – anfangs hatte ich mir eigentlich vorgenommen dies immer gleich zu tun – und stand am Ende stolz inmitten des Korridors, der doppelreihig von Ordnern gesäumt war. Nicht komplett, aber ich dachte das Wort *befriedigend.*

Ich saß vor der Truhe, die ich als Trittleiter verwendet hatte. Die Truhe aus der Kammer. Fast hatte ich schon vergessen, dass es da diese Kammer gegeben hatte, deren Genüsse mich zum

Lesen verführt hatten. Es war nur eine Kammer. Wieso hätte ich an sie denken sollen, wenn da meine Bücher waren, die immer schon um mich gewesen waren und deren Wert mir verborgen geblieben war, bis ich mich getraut hatte eines aufzuschlagen. Aber ich hatte mich wegen der Kammer getraut, wegen der Dosen und wegen der Truhe und wegen des warmen Lichts. Weiter zurück wollte ich die Gründe nicht verfolgen. Vor dieser Truhe, die wie eine unleserliche Randnotiz zu meiner Entdeckung gehörte, saß ich und dachte an die Geschichte des Jungen mit dem gebrochenen Arm. Man kann alles reparieren, was kaputt gegangen ist.

Das Gerät in der Truhe war aber nicht kaputt, obwohl es so erschien. Lose Kabel überall, verschlungen und verknotet. Die Anzeigen lichtlos. Aber die losen Kabel hatten Stecker, hatten Enden, die auf den ersten Blick schon erkennbar zu Löchern an allen Seiten des schwarzen Kastens mit den Reglern, Knöpfen und Anzeigen passten. Schmale runde, wie gefährlich stumpfe Nadeln. Breite Stecker, kleinporig durchsiebt, passten zu einem Loch mit darin verborgenen Stäbchen. Und das dickste Kabel, dessen Ende sich verbreiterte und dann doch in zwei runden Metallstiften zusammenlief, passte zu keinem der Löcher in der Box. Dafür zu einem in der Wand, das ich gut kannte, da darin das Kabel meiner Schreibtischlampe verschwand. Ich kannte es, weil ich, wenn ich mich über die Jahre von meinem Tisch erhob, wenn die Lampe erloschen war und das restliche Licht der Bibliothek meine Bewegungen noch nicht erkannte hatte, unzählige Male mit dem Fuß über das Kabel gestolpert war. Es führte von der Schreibtischlampe vor den Papierkartons vorüber zu dem Loch mit den zwei kleineren Löchern darin. Dann machte es einen Ruck, ich strauchelte, fiel einmal sogar auf die Knie. Beim ersten Mal ergriff mich noch Panik. Ich dachte, ich hätte in meiner Unachtsamkeit mein Licht unumkehrbar zerstört, könne meiner Pflicht aus Dummheit nun nicht weiter nachkommen, würde entfernt, ausgetauscht und nutzlos verschwinden. Dann ertastete ich aber rasch das Kabel und das Loch, Steckdose nennt man es. Ich führte die beiden wieder zusammen, sprang, wie in großer Eile, zum Schalter und siehe da, es wurde Licht und dann wurde noch mehr Licht. Meine hastigen Schritte hatten F-23 geweckt.

Jeder Stecker fand seinen Platz und zuletzt verband ich das gesamte Gerät mit der Wand. In der Dunkelheit fand ich kaum den eigentlich prominenten Knopf an der rechten unteren Vorderseite des Geräts. Als ich ihn jedoch ertastete, erwachten Lämpchen und Anzeigen und Ziffernblätter im Schwarz der Bibliothek zum Leben. Ein Zeiger schlug aus, aus den Kopfhörern – sie mussten für den Kopf bestimmt sein, ihre Form ließ keinen anderen Schluss zu – drang ein Rauschen, als würde man mit einer Bürste über eine der Wände meiner Bibliothek fahren und ich starrte, von dem Lichtspiel gebannt, unfähig mich der Apparatur zu nähern.

2.

Ich hätte nicht wissen sollen, was es ist, hätte verwirrt sein sollen von all den schwarzen Kabeln und Knöpfen und Löchern und der unbekannten Form. Aber ich wusste, was das war. Da war ein Mikrofon, wie es der Lehrer verwendet hatte, um uns zu sich zu rufen. Seines war nur mit einer im Vergleich winzigen Box verbunden gewesen, die neben der Tür unseres Schlafsaals traurig auf dem Boden stand. Das Kabel schlängelte sich unter der Tür durch und den Korridor entlang bis zum Klassenzimmer. Dort verlief es bis zur Tafel, wo das Mikrofon, ein ebensolches, wie es nun dort lag, wo Bücher und Listen liegen hätten sollen, an einem Haken hing.

Da war ein Kopfhörer, den ich zuvor wegen seiner Form erkannt hatte und der Dingen glich, von denen ich gelesen hatte. Lautsprecher gab es nicht. Da war eine Anzeige mit Zahlen und dahinter Hz. Ich lief zu meinen Ordnern, blätterte nach dem Buchstaben H und ließ meine Finger entlang des ersten Blattes gleiten. Nichts – das nächste Blatt. Nichts – das dritte. *Hz*, stand da, *Schwingung, Frequenz* – und dann: *wovon? Luft, Metall, Körper?* Wenn die Menschen der Vergangenheit mir in ihren Büchern davon berichteten, jemandem etwas mitgeteilt zu haben, dann konnte ich mir das erst überhaupt nicht vorstellen. Sie schrieben davon, dass sie jemanden angerufen hätten. Sie schrieben, dass sie ein Gerät genommen hätten oder einen Hörer von einem Gerät abgehoben oder in eine Zelle eingetreten waren, dass sie eine Nummer gewählt hätten oder mit dem Finger auf einen Namen getippt oder Geld eingeworfen – und nach wenigen Augenblicken hätte jemand am anderen Ende ihrer Welt ihre Stimme aus seinem eigenen Gerät vernommen, hätte ihre Worte verstanden, hätte die Nachricht erhalten. Sie teilten einander etwas mit. Es konnte gar nicht anders sein – dies hier war ein Funkgerät, kein Telefon, kein Handy, keine Telefonzelle oder anderer Mitteilungsapparat. Dies war ein Funkgerät. Davon stand etwas in einem Buch. Alles, was ich wusste oder alles, was ich gelernt hatte seit ich in der Bibliothek lebte, stand in einem Buch und dann in meinen Listen. *Funkgerät* – stand da und: *Worte schicken, Töne schicken, sprechen, senden, empfangen.* Daran ein Verweis geheftet. Auf dem Zettel: *Telefon* – dann die Nummer des korrespondierenden Ordners. Ich wusste, was das war, weil ich es gelesen hatte. Nun war ich unschlüssig, erschöpft von der Erkenntnis und ließ die Gerätschaft zurück, schlüpfte unter meine Bettdecke, zog sie weit über den Kopf und starrte in die finsterste Finsternis, die ich mir vorstellen konnte, jene, die der Finsternis zwischen unseren Mauern und der Finsternis tief in meinem Schacht und der Finsternis der Welt zwischen den Bewegungsmeldern glich. Durch dieses Dunkel konnte meine Stimme nur dringen, wenn ich wollte. Ob es wirklich so war oder meine Fantasie der Realität vorauseilte wusste ich noch nicht. Vielleicht noch ein Buch lang darüber nachdenken.

3.

Es war ein dünnes Büchlein. Der Name des Autors war mir bereits bekannt. Ein unvorstellbarer Zufall, hätte ich nicht eintausend Bücher aus dem Regal gekramt und eins nach dem anderen beiseite geworfen, bis ich den Namen fand. Trotzdem unwahrscheinlich, lediglich tausend Bücher lang suchen zu müssen. Irgendwann musste meine Bibliothek geordnet gewesen sein. Vielleicht war sie einmal aus vielen kleineren, wohl sortierten Sammlungen zusammengestellt worden, die man dann unachtsam zu einem großen Haufen zusammengeschüttet und mit mechanischen Armen in Reih und Glied in meine Regale gestellt hatte. Bei aller Verwirrung und Vermischung hatten sich dann vielleicht Bücher der gleichen Sammlung so gut sie es vermochten zusammengerottet, hatten sich an unsichtbaren Händen gehalten, um in ihrem Fluchttumult nach F-23 nicht verloren zu gehen, nicht allein sein zu müssen. Schlechtes Gewissen ergriff mich und ich versuchte die Unordnung, die ich in die Unordnung gebracht hatte, aufzuräumen. Zwecklos. Zu viele Bände hatte ich bereits zwischen den Regalen verstreut. Ich erinnerte mich nicht, welche ich wann wohin geworfen hatte.

4.

Das Büchlein gefiel mir nicht. Der Stil stammte unzweifelhaft aus der Feder jenes Autors, der mich so sehr fasziniert hatte, dass ich um seinetwillen stundenlang gesucht hatte, aber er war bereits alt als er dieses Heftchen verfasste. Das sagte mir die Jahreszahl. Fünfzig Jahre lagen zwischen diesem und dem anderen Buch. Er schien verwirrt. Er schien verbittert. Trotzdem voller Leidenschaft, doch diese Leidenschaft war nicht zu bändigen. Sie verflocht sich in Tiraden und verlor sich in Bedeutungslosigkeiten – für mich war es bedeutungslos. Vielleicht tat ich ihm Unrecht. Vielleicht verstand ich auch seine Welt nicht und vielleicht verstand ich nicht, was in seinem Gehirn vor sich ging. Vielleicht lag ein Meisterwerk in meinen Händen. Aber dieses Meisterwerk gefiel mir nicht, ich erlaubte ihm keinen Platz in meinem besonderen Stapel. Ich verspürte dennoch den Wunsch darüber nachzudenken, obwohl meine Gedanken nicht ausreichten, dem Büchlein Herr zu werden. Ich sprach meine Fragen in die Dunkelheit und meine eigene Stimme antwortete mir. Das tat sie nur in der Bibliothek, wo sie unendlich weit an den Regalen entlangstreichen konnte, sich an Buchrücken brach, nach oben an die Decke und nach unten zum nahen Grund abgelenkt in Fetzen zu mir zurückkehrte. Meine Stimme stellte mir meine eigene Frage. Ich warf das Büchlein zu Boden, dorthin wo ich den Rest der verstreuten Sammlung vermutete.

5.

»Hallo«, sagte ich und: »Hört mich jemand?« Dann: »Ich sitze an einem Funkgerät in F-23.« Dann sagte ich wieder: »Hallo« und: »Hört mich jemand?« Keine Antwort. Ich legte das Gesicht in die Hände, drückte die Handballen fest gegen meine geschlossenen Augen, rieb sie bis rote Schemen zwischen den

Augen und den Lidern tanzten. Aber wozu nun noch zögern? Ich hatte darüber gebrütet, ein Buch lang gewartet – ein Buch, das mich enttäuscht hatte – und jetzt galt es nicht aufzugeben. Also sagte ich: »Hallo« und: »Hört mich jemand?« Noch einmal. Noch einmal. Noch einmal nichts. Ich stand auf. Ich setze mich wieder hin. Ich lehnte mich im Stuhl zurück, lehnte mich zurück bis ich bloß noch auf zwei Beinen balancierte, lehnte mich weiter, noch weiter und verlor doch nicht das Gleichgewicht. Das Geräusch von Metall, dass sich verformt, dessen starre Struktur unter unerwartetem Druck endlich nachgibt, ein zähes Ächzen, obwohl alles ganz schnell geht. Die Stuhlbeine stürzen, vom Gewicht einer Bibliothekarin beschleunigt, – nein so funktioniert das Fallen nicht, oder doch? – prallen auf den Beton, versuchten die Kräfte des Aufpralls durch sich hindurch und in die Sitzfläche zu leiten. Aber die Beine waren nicht mehr gerade, sie trafen nicht im rechten Winkel auf die Fläche und die Mühen der letzten sechs Jahrzehnte wurden offenbar. Etwas gab nach. Die Schweißnähte hielten, doch direkt darunter, wo das Metall doch eigentlich am dicksten ist, aber ebenso hohl wie überall, knickten die Stuhlbeine ein. Ich schlug hart mit dem Gesicht gegen die Tischkante und verlor jede Kontrolle über meinen Körper. Ich erschlaffte, rollte zur Seite und blieb liegen. Blut rann aus einer klaffenden Wunde auf meiner Stirn.

Vier Tage später saß ich erneut an meinem Schreibtisch. Die Stuhlbeine hatte ich leidlich zurechtgebogen. Zwanzig Hammerschläge mit einem der vollen Papierkartons auf jeder Seite waren genug. Die Blätter im Karton waren ruiniert. Die Hälfte eingerissen, viele andere geknittert, aber ich stellte den Karton unter den Tisch und schob ihn mit dem Fuß ganz nach hinten gegen die Wand, für schlechte Zeiten, sollte mir jemals das unendlich erscheinende Papier ausgehen. Niemand hatte geantwortet. Vielleicht konnte niemand antworten. Vielleicht gab es in G-12, in G-11, in T-6, in K-43 und all den anderen Abteilungen jeweils eine Abstellkammer, die man vergessen hatte. Vielleicht hatte man sie vergessen, weil jemand, eine alte Frau vielleicht, beim Schichtwechsel, als sie gehen musste, zu gebrechlich und zu umnachtet gewesen war, um noch irgendeiner Tätigkeit nachzugehen, vergessen hatte, einem fünfzehn Jahre alten Jungen mitzuteilen, dass es diese Kammer gab, dass sich darin das alte Funkgerät befand und einige Rationen. So musste es sein. Niemand hatte Ohren. Aber das hier konnten doch nicht die einzigen Ohren auf der Welt sein, obwohl meine Welt heute viel kleiner war als zu Zeiten, in denen Bücher geschrieben wurden. Wozu gab es die Geräte, wenn es keine Ohren gab, die auf sie gerichtet waren? Ich hob die Kopfhörer, drehte und wendete sie, besah mir ihr Gehäuse und fand nichts. Vielleicht verstand ich auch nicht, wie das Funkgerät überhaupt funktionierte. Vielleicht waren zu allen Zeiten hunderte Ohren auf mich gerichtet und ich bewegte bloß stumm meine Lippen. Da fiel mein Blick auf die Ziffernblätter und Regler. Wenn ich ins Mikrofon sprach, wenn ich sagte:»Hallo« – schlug einer der Zeiger aus, ein Licht blinkte grün und eines, ein weitaus grelleres, leuchtete streng dunkelrot auf. Alle Regler standen still. Hörte ich auf zu sprechen, blinkte auch das grüne Lämpchen nicht mehr, flackerte nur schwach auf, wenn ich hustete. Das rote Licht strahlte unerbittlich. Das notierte ich und als ich das Mikrofon beiseite legte erlosch das Rot. Auch das notierte ich. Hob das Mikrofon wieder auf: Rot, beißend. Legte es weg: grünes Flackern und dann nur noch das Licht der Anzeige. Ich hob das Mikrofon wieder auf und diesmal fühlte ich, wie mein

Zeigefinger ein flaches Stück am Griff, kaum breiter als mein Fingernagel, das einige Millimeter höher lag als der ansonsten glatte Kunststoff, hinunterdrückte, es in den Griff hineindrückte und es sich beinahe nahtlos damit verband: brüllendes Rot. Ich hob den Zeigefinger: Das Rot erlosch und wenn ich genau hinhörte, dann kam da ein sanftes Rauschen aus dem Kopfhörer an meiner Seite. Zeigefinger fest geschlossen: Stille und Rot. Finger abgespreizt: Dunkelheit und Rauschen. Das notierte ich.

6.

Ich drückte die verborgene Taste und sagte: »Hallo.« Ich ließ die Taste los. Leeres Rauschen oder Millionen Stimmen durcheinander plappernd. Wie ich so in die Tiefen des Rauschens hineinhörte, mich darin vertiefte, eintauchte und die rechte Schale des Kopfhörers dichter an mein Ohr presste, vermeinte ich tatsächlich menschliche Sprache zu erkennen und dann doch nicht und wusste, dass ich es mir eingebildet haben musste. Die Versuchung eines der freundlich-bunt gefärbten Knöpfchen zwischen den Anzeigen und Reglern zu betätigen, einfach wild drauflos zu drücken bis irgendetwas geschehe. Ich beherrschte mich. Es war noch nicht Zeit, noch nicht Zeit für Verzweiflung, denn ein Plan war in der vergangenen Nacht in mir entstanden. Bevor mich meinem Buch widmete – der Geschichte eines Mannes und einer Reise in sein Heimatland, das es noch nicht gegeben hatte als er geboren wurde – hatte ich eine Art Diagramm gezeichnet, auf dem alle Tasten und Regler und Lichter und Anschlüsse des Funkgerätes und deren Beschriftung verzeichnet waren. Dazu erstellte ich einen Ablaufplan, welche Maßnahmen ich in welcher Reihenfolge in Angriff nehmen wollte. Nummer eins: Einen Tag lang ins Mikrofon sprechen und ins Rauschen hineinhören. Am Tag

Funkgerät, in der Nacht Bücher – Tag und Nacht, Einheiten von grob zwölf Stunden, an die ich mich kaum hielt. Es war Tag eins und immer noch ließ mich mein Wunschdenken unechte Hoffnungsstimmen aus dem Rauschen fischen. Nacht, Erschöpfung, zurück in die fremde Heimat des Schriftstellers, denn der Mann, der von seinem Land, einem Land aus Sand und Städten und künstlichen Gärten, nur in Geschichten gehört hatte, war ein Schriftsteller und behauptete dieses Buch, das ich nun las, selbst verfasst zu haben. Er behauptete die Geschichte sei wahr, aber ich glaubte ihm nicht und glaubte kaum, dass der Schriftsteller in den Seiten auch nur entfernt mit dem Schreibenden Verwandtschaft besaß, denn auf dem Buchrücken stand: Roman.

7.

Jeden Tag ein Knopf, auch wenn nicht sofort ersichtlich war, was dieser Knopf bewirkte. Folgten die Tasten und Regler ähnlichen Regeln wie meine Lampe und die Stromversorgung des Funkgerätes, so würde ein zweiter Druck oder einige weitere den Mechanismus wieder in seine Ausgangslage zurückversetzen. Sechs vorrangige Tasten und zwei Regler hatte ich identifiziert. Sie sollten Hauptbestandteil meiner ersten Testreihe sein. Erst alle einzeln. Dann alle möglichen Kombinationen von gedrückten und nicht gedrückten Tasten. Noch hatte ich nicht berechnet, wie viele solche Kombinationen möglich waren und welche. Das würde ich tun, falls die Einzeltests erfolglos blieben. Vielleicht nicht bloß ein Knopf pro Tag. Ein paar Stunden mussten genügen. Sechs Knöpfe – zwei Tage und die Regler dazu. Oder zuerst die Regler, da sie viel einfacher in ihre Ausgangslage zurückzuversetzen waren. Sie waren frei von Markierungen, weshalb ich mit dem Bleistift einen schmalen dunkelgrauen Strich aufs hellgraue Plastik malte und einen Punkt daneben aufs etwas dunkler hellgraue Gehäuse. So konnte nichts schiefgehen. Oder sollte ich mich doch zuerst den Tasten widmen? Mir behagte nicht dabei, umzudisponieren. Zwei Tage und dann die Regler. Ich war schließlich nicht in Eile.

8.

Die Tasten bewirkten nichts. Ich drückte sie, einmal hielt ich sie gedrückt, ein anderes Mal ließ ich sie gleich wieder los. Kein Lämpchen glühte auf – weder das große rote, noch das blinkende grüne – und auf meine Fragen und meine Grüße regten sich keine Stimmen am anderen unvorstellbaren Ende der körperlosen Verbindung.

Es dauerte die geplanten zwei Tage, weil ich am zweiten nicht zu Bett ging, bis alle Möglichkeiten ausgeschöpft waren. Über die Knöpfen fühlte ich mit den Fingern jedes Mal, wenn ich mich nach ihnen streckte, die farblosen Überreste ehemaliger Beschriftung. Einige fehlgeleitete Minuten lang glaubte ich nun, da ich mich so vieler Worte mächtig fühlte – unendlich mehr Worte als irgendjemand in F-23 oder G-12 jemals verstanden hatte – ich könne die verstümmelten Reste der Schrift ertasten und mit den Händen *lesen.* Zur gleichen Zeit bildete ich mir ein, die Flügel des Falters an der Lampe in meinem Rücken zu hören, aber sein flimmernder Schatten fehlte. Wenn ich lange genug in meinem Stuhl verharrte, erlosch das Licht, aber nicht das Flattern. Es kam aus meinen Ohren in meine Ohren. Vielleicht war es der unbedingte Wille, irgendetwas zu hören, das nicht ich selbst war. Ich hatte von Stimmen gelesen und realisiert, wie sehr ich Stimmen vermisste. Ich hatte von Schritten gelesen, von Lachen und Schmerzensschreien und vom Schnarchen eines Menschen im eigenen Bett. Dies waren Dinge, die ich einmal gekannt hatte und die ich glaubte mit der Maschine auf meinem Tisch wieder zu finden. Mehr als alle Glieder von Wortschlangen, auch wenn ich die wahre Bedeutung vieler davon mittlerweile entschlüsselt hatte – diese Wortschlangen versuchte ich zu vergessen – schmerzten mich auf einmal die Löcher meiner Jugend ohne Pflicht.

Als ich endlich bereit war, den zweiten Tag zu beenden, hatte die Uhr schon lange den nächsten ausgerufen. An die Uhr glaubte ich nicht mehr, nicht mehr an das Verhältnis ihrer Zeiger zu Tag und Nacht. Eingehüllt in meine Filzdecke fantasierte ich davon, mit der Faust wieder und wieder gegen die Tasten zu hämmern, konnte nicht einschlafen und beim Versuch zu lesen tränten meine Augen.

9.

Ein langes Starren in die Dunkelheit, unterbrochen nur von wenigen Minuten langen Träumens ohne Form ging nach sechs Stunden – immer noch vermochte ich nicht gänzlich auf die Uhr zu verzichten – ohne Frühstück und morgendliches Reinigungsritual zu Ende. Ich blieb durstig und mein Stuhl stank durch den Spalt zwischen Toilettendeckel und Sitz hindurch. Ich hatte nichts mehr zu essen, nichts mehr zu trinken, gerade noch genug Toilettenpapier und rannte in heller Panik auf und ab. Endlich war es so weit, die Strafe war zuletzt doch noch ausgesprochen worden. Man wollte mich verhungern lassen. Viel einfacher als mich kratzend und beißend aus der Bibliothek zu schleifen. Die Listen hatten keine Eile, warum also nicht einfach warten, um dann meinen wehrlosen Körper gegen einen lebendigen, jungen, pflichtbewussten auszutauschen? Gewiss müsste die neue Bibliothekarin mein Chaos aufräumen. Oder würde man das vorher erledigen? Gewiss sollte niemand von meinem Wahnsinn, meiner Revolte erfahren. Das Funkgerät zurück hinter die Wand und meine Lexika in das tiefste Loch. Vielleicht sollte ich sie verstecken. Ich konnte sie weit in die Bibliothek hinein tragen, so weit, wie bestimmt keiner der Henker sich vorwagen würde. Dann wäre meine Arbeit nicht umsonst gewesen und wenn mein Ersatz schließlich darauf stieß, konnte sie von meinem Wissen zehren, ein paar Monate lang weitermachen bis man auch sie verdursten ließ – zwecklos, hoffnungslos, sinnlos. Die Listen konnten genauso gut bleiben wo sie waren. Aber irgendetwas musste noch geschehen. Noch hatte ich Kraft. Da wanderten meine Gedanken zu den Zettelchen am Ende des Korridors. Ich konnte eine Nachricht senden. Ich konnte von meinem Aufbegehren berichten. Wer auch immer am anderen Ende des Rohres saß und gewiss die Bestellungen aller Abteilungen empfing, sie auflistete und weiterleitete, könnte meinen Brief an sich nehmen, niemandem davon berichten oder ihn vielleicht sogar weiterschicken, ihn kopieren und weiterschicken oder … Das war nicht seine Pflicht. Er würde seine Pflicht nicht aufgeben. Wie konnte ich glauben, jeder sei so wie ich, gelangweilt. Vielleicht war sein Leben nicht so einsam, vielleicht saßen da einhundert Menschen an den Enden von Rohren, schrieben und unterhielten sich. Dann gingen sie nach Hause in ihre Kammer oder es gab sogar einen Gemeinschaftsraum, wo man sich um einen Tisch zum Essen versammelte. Was kümmerte so jemanden ein bedeutungsloses Stück Papier aus F-23? Aber warum nicht einen Brief schreiben? Warum nicht auch einen Brief in den Schacht werfen und warum nicht so lange ich meine Lippen noch bewegen konnte meine Botschaft ins Mikrofon sprechen, ob jemand zuhörte oder nicht.

Also trat ich mit frischer Entschlossenheit an das Tischchen vor dem Rohr, griff nach dem Stift und senkte den Blick auf eine halb verfasste Bestellung: »Rationen (7), Wasser (50l), Toilettenpa…«. Ich strauchelte einen Schritt zurück und gegen die Mauer. Meine Glieder versagten, alles erschlaffte, die Knie hielten mein Gewicht nicht mehr und ich sank zu Boden. Die Beine angezogen und die Arme darum geschlungen, begann ich zu lachen. Ein kreischendes, weinendes Lachen.

10.

Ich schrieb: »…pier (Klasse D), Stromverbrauch unverändert.« und: »Vielen Dank! Ich wünsche Ihnen allen eine wunderschöne Woche und beste Gesundheit!« Da war sie. Meine Nachricht. Das war aus meinem letzten Aufbäumen geworden. Wie der Mut der Ausweglosigkeit verfliegt. Einen Tag noch hungern und einen Tag noch den Gestank ertragen und das Wasser, den letzten Rest im Tank Schluck um Schluck im Mund behalten und ihn spucke-dick und warm hinunterwürgen. Es war ein zögerlicher Test, ob überhaupt jemand die Bestellungen las, wirklich sah, was da geschrieben stand oder ob das Stück Papier über die Schulter geworfen wurde, sobald die essentiellen Informationen der ersten Zeile notiert waren. Wenige Minuten, nachdem ich mein Röllchen in ein Röhrchen gesteckt hatte und es im Sog des Rohrs über dem Tisch verschwunden war, purzelte eine Antwort aus dem zweiten. Ein grünes Häkchen in schwarzem Kreis. Bestellung angekommen. Wird bearbeitet. Alles wie immer. Nichts Neues aus dem Rohrpostzentrum – Abteilung H-9, V-6 oder J-45 oder was auch immer. Auch die beherzteste Botschaft, der verzweifeltste Hilferuf, das eloquenteste Manifest wäre ungelesen in den Abfall gewandert. Vielleicht entrollte auch eine Maschine meine Briefchen. Alles Spekulation. Zurück ans Funkgerät.

11.

Alles, was kaputt ist, kann man wieder reparieren. Aber das Funkgerät war nicht kaputt. Es sah nicht aus als sei es kaputt. Die Lampen leuchteten auf die eine Weise, wenn ich die Taste am Mikrofon gedrückt hielt und auf die andere, wenn ich sie losließ. Ich hatte nicht viel von Funkgeräten gelesen. Wäre das Funkgerät bloß kaputt gewesen, ich hätte mich darauf verlassen können, irgendwann in einem Buch die Lösung, eine Reparaturanleitung zu entdecken. Irgendwann, vielleicht in fünfzig Jahren, aber dieses Leuchten war wie Spott. Das Gerät konnte funktionieren, tat es aber nicht. Es war leichter, ihm bösen Willen zuzuschreiben als mir selbst Unfähigkeit. Der erste Regler war gedreht, über acht Stunden hinweg Millimeter um Millimeter, bis er sich nicht mehr weiter drehen ließ; dann zurück zum Anfang. Immer noch noch Stille und ein eben noch abgelenkter Faustschlag in die Luft über den Lämpchen.

12.

Flügelschlagen, wie von einem Dutzend Faltern. Ein so sanftes, aber haltlos unstetes Summen – ein Insektenstimmengewirr – hielt ich auf dem Weg in meine Kammer für ein Sausen in meinen Ohren. Ich hielt es für erste Auflösungserscheinungen meines Geistes oder Symptome der Übermüdung. Ich schlief so schlecht, seit ich damit begonnen hatte in dieses Mikrofon zu sprechen. Als ich aber aus dem Korridor in den Raum eintrat, schwärmte dort eine Heerschar schwarzer Insekten über und um die Toilette. Sie krochen aus dem Schlitz zwischen Sitz und Deckel hervor und erhoben sich in die Luft. Sie waren viel kleiner als mein Falter und auch kleiner als die Wespen, von denen ich gelesen hatte. Sie schwirrten stets kurze Strecken wie ziellos hin und her und setzten sich dann wieder, um verschwörerisch ihre Vorderbeinchen aneinander zu reiben. Das waren Fliegen, gewiss benannt nach der Art ihrer Fortbewegung – so stand es in meinen Listen: *Fliegen* – stand da und: *Insekt, klein, ernährt sich von (Ausscheidungen und Müll – durchgestrichen) allem, schwarz oder grün, Schwarm, ekelig.* Und weil ich wusste, dass man sich vor Fliegen ekelte, breitete sich in meinem Rachen ein kaum aufzuhaltendes Würgen aus. Da half es nicht, dass die Luft meiner Kammer noch dicker als zuvor nach Kot und Nachtschweiß stank. Mir war, als fühlte ich den Gestank auf meiner Haut und wollte mich waschen. Es gelang mir noch nicht einmal fasziniert zu sein. Ein Schwarm, ein Insektenschwarm und waren es auch Fliegen, von denen ich bloß wusste, dass man sie erschlug oder verjagte, wo auch immer man sie antraf. Ihre zierlichen Flügelchen machten für sich kaum ein Geräusch und doch toste es in der Kammer. Ich riss das Wandpaneel auf, hinter dem sich mein Wassertank verbarg – aus dem Korridor war seine Nische freier zugänglich – und schlug es sogleich, noch bevor ich in den Tank lugen konnte, zu. Was wenn eine Fliege sich hinter die Wand verirrte? Sie würde dort einen Ort finden, ihre Eier abzulegen, würde sie womöglich direkt über dem Wasserspiegel in den Tank legen und ich würde an vergiftetem Trinkwasser sterben. Das war doch, was Fliegen taten: Sie saßen auf meinem Kot und legten dann Eier. Also presste ich eine Hand vors Gesicht, legte die andere schützend über die Augen und sprang auf die Toilette zu. Der Schwarm teilte sich vor meinem Körper. Mit geschlossenen Augen löste ich eine Hand vom Gesicht und ertastete die Spülung. Ein hörbares Saugen und Rauschen von Wasser und ein Schluckgeräusch vom Unterdruck im Rohr. Sogleich riss ich die Augen auf und öffnete den Deckel. Die Insekten kümmerten mich nicht mehr. Die Schüssel war sauber, leer, rein und immer noch schlängelten sich Rinnsale über ihre

Wände hinab ins Rohr. Das Wasser war gekommen und das bedeutete, dass auch die Rolle voll Rationen und Toilettenpapier bereits da sein musste. Sie ragte im Korridor über dem Tischchen eine Handbreit aus dem Postrohr. Aber auch die Fliegen waren da. Was tat man mit Fliegen – man erschlug sie. Verjagen würde nicht genug sein. Sie würden sich einnisten, würden sich in meine Bücher hineinfressen und wenn nicht in den Tank, dann ihre Eier in die Geschichten legen, sich von den Buchstaben ernähren. Fliegen fressen alles, dachte ich und leerte Toilettenpapier und Rationen auf das Bett, schlang die Decke darum und erhob die Rolle über den Kopf – zur Jagd bereit. Keine der Kreaturen durfte meine Kammer verlassen. Nur zu hoffen, dass der Gestank sie genug gefesselt hatte, um nicht auf die Idee zu kommen, durch den Türschlitz zu schlüpfen. Nun stopfte ich rasch das Leintuch in die schmale Öffnung. Immer noch würgte ich bei jedem Atemzug und ein Hass auf diese ekelerregenden, schwirrenden Seuchenherde, den ich nicht gekannt hatte, packte mich. Ich schrie als ich mit der Rolle auf sie einschlug.

13.

Es war eine Schlacht. Wie sollte ich es anders beschreiben? Eine Schlacht, obwohl ich mir eine Hinrichtung gewünscht hätte. Ich dachte, die Kreaturen würden verharren, das Ende akzeptieren oder ahnungslos ins Dunkel gehen, doch sie flogen auf, schwirrten in heillosem Durcheinander umher, verfingen sich in meinen Haaren und ihr Summen, das lebendige Rauschen, verwandelte sich in zahnlosen Schlachtgesang. Von Schlachten hatte ich gelesen und lange nicht verstanden, was sie von einem Kampf unterschied. Aber ich wusste: Dies war eine Schlacht. Fragen Sie mich nicht, woran ich die Erkenntnis maß. Und obwohl mir die Fliegen nichts anderes als Unbehagen zufügen konnten und am Ende der Nacht ihre geflügelten Körper allesamt zerdrückt und zerstückelt dalagen, fühlte ich mich bedrängt. Meine Arme zerrten an meinen Schultern wie am Tag meiner Entdeckung. Ich musste die Rolle tausend Mal geschwungen haben. Kaum ein Hieb fand sein Ziel und mit jedem Schlag ins Leere fühlte ich die Todesangst der Fliegen. Sie wichen meinen Hieben aus. Sie wollten leben und ich hätte gezögert, hätte ich die Entscheidung zum Mord nicht bereits getroffen, begründet, entschuldigt. Ich durfte nicht krank werden. Ich hatte noch zu viel zu tun. Die verstümmelten Körper schabte ich von Boden und Wänden in eine leere Dose, einen Sarg wie den des Falters, und brachte sie versiegelt zum Schacht. Andächtig sprach ich eine Bitte um Verzeihung und ließ die Dose in die Schwärze fallen. Jetzt erst verließ das letzte Summen mein Ohr. Mein Herzschlag verlangsamte sich und ich konnte atmen. Meine Kleidung stank nach Schweiß und Kot wie die Kammer. Ich hatte sie zur Jagd angezogen und streifte sie nun wieder angeekelt von mir. Anstatt eine neue Nacht auszurufen, öffnete ich eine Ration und setzte mich ans Funkgerät. Zweiter Regler und kaum hatte ich ihn auch nur eine Markierung weit gedreht: Rauschen.

14.

Fortschritt! Bewegung an einem Ort wie diesem! So dachte ich. Ich nannte F-23 einen *Ort wie diesen* – als ob es andere gäbe, andere Orte, die nicht Abteilungen waren und keine Nummern trugen. Es gab sie, gab sie in meinen Gedanken, wo meine Bücher sie eingepflanzt hatten. Und es musste sie einmal auch in Wirklichkeit gegeben haben. Dass es sie heute nicht mehr gab, hatte uns der Lehrer erklärt oder besser hatte er deklariert, dass wir in G-12, einer Abteilung, lebten und dass unsere Pflicht uns in andere Abteilungen führen würde – das sei die Welt: Abteilungen. Wir wussten, dass es so war. Wir wussten, dass der Lehrer uns die Wahrheit sagte. Alles, was der Lehrer sagte, war die Wahrheit. Deshalb war er der Lehrer – weil er alles wusste. Und jetzt nannte ich F-23 einen Ort wie diesen im Unterschied zu einem Ort wie jenen und jenen und jenen. Und an einem Ort wie diesem war Fortschritt undenkbar. Selbst in Zeiten meiner Pflicht war verrichtete Arbeit kein Fortschritt. Es war kein messbarer Fortschritt, ein paar hundert Bücher in Listen eingetragen zu haben, wenn es Millionen davon gab und die Arbeit niemals erledigt sein würde. Es gibt keinen Fortschritt auf dem Weg zur Unendlichkeit. Wie sollte ich es nennen? Bis zu diesem Rauschen gab es in F-23 einfach nur Schritt. Und dann das Rauschen. Keine Stimme, keine Antwort auf das »Hallo?«, aber ein Geräusch aus den Kopfhörern, das sich vom gewöhnlichen Rauschen unterschied – es war intensiver. Nun drehte ich weiter und hastig an dem Regler. Das Geräusch schwoll an, wurde lauter bis zur Unerträglichkeit und ich ließ von der Armatur ab. Ohne etwas zu notieren und ohne daran zu zweifeln, griff ich nach dem dritten Regler, dem letzten. Die Nadel einer der Anzeigen verschob sich ein kleines Stück. Die Breite eines Fingernagels weit. Nun, da ich wusste, was der Regler bewirkte, was er bewegte, drehte ich ihn weiter, Markierung um Markierung, und sah der Nadel dabei zu, wie sie über das Ziffernblatt von links nach rechts wanderte. Das Wandern brachte das Rauschen ins Wabern, aber sonst geschah nichts. Die Nadel erreichte das Ende ihrer Bahn und ich drehte sie zurück. Ich hatte nichts gesagt. Mir fiel auf, dass ich ganz vergessen hatte, dem Prozess zu folgen. Ich hatte ihn doch gründlich durchdacht und, einmal beschlossen, auch alles niedergeschrieben. Missbilligend schnaubte ich mir selbst zu, tadelte meinen Übereifer und fing von vorne an. Eine Markierung nach der anderen und bei jeder hielt ich inne und sagte: »Hallo?« und »Kann mich jemand hören?«.

15.

»Hallo?« und »Kann mich jemand hören?«, sagte die Bibliothek, sagte die Luft, unsichtbare Lippen im Dunkel unter der Decke. Es waren meine Worte, aber sie verließen mich und die fremde Stimme über mir begann sie, noch bevor ich fertig gesprochen hatte, zu wiederholen. Erst dachte ich, eine Antwort auf eines der hundert vorangegangenen Hallos zu erhalten, doch in meinen Kopfhörern regierte noch immer das Rauschen. Ich ließ von dem Regler ab und sagte erneut »Hallo?« und erneut äffte der Raum mich nach. »Hallo?«, sagte die Bibliothek mit meiner verzerrten Stimme. »H.llo?«, sagte sie. Das A war verloren gegangen. Ich sagte »Hallo?« und der Raum sagte »Ha..o«. Ich drehte den Regler eine halbe Markierung weiter und sagte »Hallo?« und nun sagte auch die Stimme von der Decke »Hallo?«. Obwohl ich es besser wusste, wollte ich glauben, dass es nicht meine eigene war, dass ich nicht mit mir selbst sprach. Einige Augenblicke lang täuschte ich mich. Dann erhob ich mich vom Stuhl, griff nach der Lampe, hob sie vom Tisch und sagte: »Hallo?«. »Hallo?«, sagte der Raum von oben, aber nicht gerade herab, sondern von rechts oben und von hinten aus der Tiefe der Bibliothek. Leiser und wie ein Echo der ersten Stimme hallte es nach. »Hallo.«, sagte ich und leuchtete zur Decke, wo ich die Antwort vermutete. »Hallo(hallo)«, kam es aus einem schwarzen Würfel, der an einem kurzen Arm im Winkel angebracht war. Dahin wanderten also meine Worte. Und noch viel bedeutsamer: Sie wanderten! Sie wanderten die ganze Zeit schon und womöglich waren sie die ganze Zeit schon irgendwo angelangt. Jede Markierung ein anderer Ort. Ich versuchte den Regler weiter zu drehen, um jedem dieser Orte, der noch keines bekommen hatte, noch ein Hallo zu schenken. Aber der Regler stand an und auch die Nadel der Anzeige hatte sich bereits ganz an den rechten Rand des Ziffernblattes gedrängt. Ich hatte also bereits jeden gegrüßt, den ich erreichen konnte. Vielleicht war meine Stimme schon in allen Abteilungen erklungen. Vielleicht hatte ich sämtliche Bewohner meiner Welt in hellen Aufruhr versetzt und niemand hatte geantwortet, weil sie nichts von deb Funkgeräten in ihren Abstellkammern wussten. Auch diese Vermutung bedurfte einer Überprüfung, würde aber warten müssen.

16.

Was auch immer ich niederschrieb, die Ansätze von Gedanken, die ich einmal auf ein schmales Stück Papier hatte schreiben wollen, um sie durch das Rohr zu verschicken, war nicht, was ich sagen wollte. Ich wollte nun, da ich wieder wohl genährt war und eine saubere Toilette hatte, nicht mehr verkünden, dass unsere Pflichten nicht länger von Bedeutung waren oder dass es außerhalb unserer Abteilungen einen ganzen Planeten gab. Meine revolutionären Triebe waren erstorben oder besser, ich hatte sie archiviert. Und so waren die verwässerten Versionen meiner wütenden Worte nicht mehr meine Worte. Ein leeres Blatt also voll fremder Sätze. Ich konnte mich hören, wenn ich sprach und schreckte vor meiner Stimme zurück. »Hallo?« war nicht länger genug und etwas anderes wusste ich nicht zu sagen. Ich hatte so lange mit niemandem mehr gesprochen und solange nur ich mein Funkgerät entdeckt hatte, würde es auch kein Gespräch geben. Ich würde nicht wissen, ob man mich hörte und ob was ich sagte meinen Empfängern gerecht wurde. Nicht irgendetwas durfte es sein. Ein paar Stunden noch Hallo und das Warten auf die Antwort. Sie kam auch an jenem Tag nicht und ich begann mich damit abzufinden, dass sie nicht mehr kommen würde. Meine war die einzige Stimme, die durch die Mauern drang. Aus dem Augenwinkel beobachtete ich eine Fliege. Sie schlüpfte unter dem Toilettensitz hervor, erhob sich in die Luft und verschwand. Ich musste sie mir eingebildet haben.

17.

Weil mir nichts einfiel und ich es leid war, auf das Weiß des Blattes zu starren, schaltete ich das Funkgerät ab, griff endlich wieder nach einem Buch und schlug es auf meinem Kopfkissen auf, Stift und Ordner daneben auf meinem Stapel. Bevor ich zu lesen begann, öffnete ich eine Ration und füllte meinen Becher mit dem frisch im Tank angelangten Wasser. Die hellbraune Masse in der Dose schmeckte wie immer nach nichts und das Wasser war nicht mehr kalt. Obwohl es nicht kühl war, legte ich die Decke um meine Schultern. Einen Moment lang dachte ich daran, das Funkgerät abzubauen und zurück in die Kiste zu packen. Was hatte ich schon mitzuteilen? Wir leben in unseren Abteilungen und dienen unserer Pflicht. Zumindest war es das, was alle taten, immer schon. Mehr gab es nicht zu erzählen. Aber das stimmte nicht und heute weiß ich das mehr als je zuvor. Ich habe so viel zu sagen und der Beweis dafür reihte sich in den Regalen meiner Bibliothek. In der wohligen Wärme auf meinem Bett verzagte ich beim Gedanken, am Morgen zurück an den Tisch und vor das leere Blatt zu treten und beschloss, ihn für den Moment zu verbannen. Die erste

Seite: Name, Jahr und alle Informationen, deren Bedeutung ich mich jahrzehntelang nicht getraut hatte zu kennen. Fünfte Seite: *Alle mussten sterben.*

18.

Wenn ich daran denke, eine Welt bloß aus Erzählungen zu kennen, kommt es mir nicht so vor als hätte ich das schon einmal versucht. Ich kann Ihnen nicht sagen, wie viele Bücher ich bis zum heutigen Tag gelesen habe, aber es sind wohl mehr als Sie in Ihrem gesamten Leben, Ihren dreiundsiebzigtausend Uhren, lesen werden, wenn es überhaupt Bücher gibt an Ihrem Ort. Ich habe gelesen, dass es in der Welt außerhalb der Abteilungen und bevor es die Abteilungen überhaupt gab jedes Jahr mehr und mehr Bücher gegeben haben soll und dass mehr und mehr davon ungelesen blieben. Fast alle wurden dann wieder eingestampft, geschreddert und verbrannt. Das zu lesen stimmte mich traurig, weil es eine Weile dauerte, bis ich verstand, dass es damals mehr als ein Exemplar jedes Buches gab und dass stets eines in Bibliotheken wie meiner sicher verwahrt wurde, bevor man den Rest entsorgte. Trotzdem erschien es mir verschwenderisch, nicht zu lesen – aber was weiß ich schon von dieser Welt? Mit Sicherheit gab es damals noch viel anderes zu tun. Ich versuchte mir einmal auszumalen, was alles möglich war, wenn man nicht allein war und auch kein Kind, das den Weisungen der Schwestern oder des Lehrers zu folgen hatte.

19.

Alle mussten sterben – schrieb der Autor, dass der Mann im Buch erzählte. Der Mann im Buch hatte gelesen, dass alle Menschen, die jemals gelebt hatten, auch gestorben waren. Er wusste das bereits. Irgendwie war ihm bewusst, dass man auch überall sonst sterben musste, wenn es in seiner Welt so war. Aber es tatsächlich zu wissen, unumstößlich zu wissen, war etwas anderes. Dieser Mann versuchte durch eine einzelne Erzählung eine Welt kennen zu lernen und diese Welt war wohl dieselbe oder eine ähnlich erzählte Welt wie jene, die ich in den allermeisten Büchern vorfand. Nie glich sie sich selbst und war doch stets erkennbar. Ich hatte mir mittlerweile aus hundert Splittern ein Bild zurechtgelegt und es erschien mir unbegreiflich, ein solches Mosaik aus einer einzelnen Scherbe legen zu wollen. Aber das war bloß eine Geschichte und die Welt des Mannes war eine, da war ich mir sicher – nach wenigen Seiten schon – erfundene. Die Erzählung konnte alles behaupten und ich mahnte mich wie immer, wenn ich las und dabei Weltensplitter sortierte, zur Vorsicht. Es bedurfte sorgfältiger Filterung und dennoch zeigt meine Splittersammlung nur ein unscharfes, verzerrtes Bild der vergangenen Welt. Sie hatte, anders als meine eigene, wohl auch nie stillgestanden, um sich abbilden zu lassen.

Und am Ende kam kein Ende. Das lebensspendende Monstrum trat nicht zutage und alles andere hörte einfach auf. Als ob alle Menschen in der Geschichte plötzlich in der Bewegung gefroren innehielten, zu Statuen erstarrten, einem letzten Bild, oder als ob ich beim Lesen das Augenlicht verloren hätte. Es war an der Zeit, die Geschichte zu verlassen; der Buchrücken bat mich höflich zu gehen und ich wurde hungrig – also war es Morgen.

20.

Im Korridor auf dem Tischchen lag ein Röhrchen unter der Öffnung für ankommende Nachrichten, die für gewöhnlich ausschließlich meine Rationen und Bestellungsempfangsbestätigungen ausspuckte. Weder hatte ich am Vortag etwas bestellt, noch sollte eine Bestellung eintreffen. Im Vorbeigehen pflückte ich das Röhrchen vom Tisch und öffnete es. Es war leer und ich legte es etwas enttäuscht neben das Funkgerät auf den Schreibtisch. Ein Fehler. Ein Versehen. Auch ich hatte schon einmal eine Mappe in meinen Schacht geworfen, obwohl noch mehr Listenblätter darin hätten Platz finden können.

21.

Was nun, da ich wusste, dass meine Worte über das Mikrofon und durch die Antenne die Abteilung verließen? Verlassen konnten? Gewiss taten sie das und es bestand allem Anschein nach, dem ich zu vertrauen geneigt war, die Möglichkeit, dass sie auch irgendwo ankamen. Zumindest in der verborgenen Box im Deckenwinkel meiner Abteilung. Also – was sagen? Weiter »Hallo«? Grüße sprechen, die niemand erwidern konnte? Das war nicht genug.

Ein Blatt Papier – das alte leere Blatt – und das Schreibwerkzeug zur Hand. Eine Rede oder besser ein wahrer Gruß, mehr als »Hallo«. Doch was zu jemanden sagen, den man nicht kennt und nicht sieht, der nicht antworten kann und womöglich nicht existiert? Und nicht zu viel verraten, F-23 nicht nennen, nicht sagen, wer da spricht … aber wozu dann überhaupt mit jemandem sprechen, den man nicht kennt und nicht sieht, der nicht antworten kann und womöglich nicht existiert? Wozu als Unkennbare, Unsichtbare, Unhörbare sprechen? Am Ende des Schachts hatte man meine Verweigerung womöglich noch nicht erkannt, man würde es aber. Ich wurde gefüttert und getränkt, aber vielleicht nicht mehr lange. Gewiss musste irgendwo irgendjemand, ein Gesetz oder ein Gefühl, meine Nutzlosigkeit früher oder später beschließen. Warum also eine Fremde sein? Also doch F-23 und Bibliothekarin sagen und alles offenbaren, aber so, dass man verstand, was mich bewog. »Hier spricht Abteilung F-23. Die Bibliothek. Ich wünsche Ihnen, der dies hört, einen wunderschönen Tag.«, schrieb ich und – nichts. Meine Finger weigerten sich fortzuschreiben. Mein ganzer Leib erstarrte. Ein eisiger Schmerz durchzuckte meinen Nacken und ich horchte in die Dunkelheit des Raums. War das die Strafe? War ich bereits tot? Der Stich im Genick pochte als hätte man eine heiße Nadel zwischen meine Halswirbel geschoben. Hitze wanderte über die Haut und eine zitternde Hand tastete danach. Meine zitternde Hand, obwohl ich meinte sie nicht zu fühlen. Da fassten meine Finger einen winzig zappelnden Körper. Ein Körperchen, so klein und zierlich und hilflos eingeklemmt: eine Ameise.

22.

Ich gab der Versuchung, das arme Tier zu zerquetschen, nicht nach. Zu frisch noch die Erinnerungen an die Schlacht und an das große Sterben der Fliegen. Fast fühlte ich noch die zermalmten Überreste des Schwarms auf meiner Hand und die ausgerissenen Flügelchen unter den Fußsohlen. Diese Ameise hatte mir Leid angetan. Doch nur kurzes Leid, mehr Schreck als Schmerz. Dies war keine Invasion meines Heimes aus meinen eigenen Verfehlungen. Das war nur ein einzelnes verirrtes Wesen wie der Falter und vielleicht musste nicht alles sterben, was sich in die Bibliothek verlief. Also setzte ich die Ameise zu Füßen des Schreibtisches auf den Beton und verfolgte ihren gemächlichen Weg. Sie lief in Schlangenlinien bis zu den Regalen, unter einem hindurch und tauchte in die Finsternis. Mit meinen Schritten hinterher erwachte das Licht und ich erhaschte noch einen Blick auf sie als sie weiter in die Tiefe der Bibliothek verschwand. Hinterher. Geradeaus. Hinterher und wieder zurück unter dem Regal durch, quer bis zum nächsten und dort bis zur Mauer. An der Mauer entlang. Ewig an der Mauer entlang, weiter und weiter. Viel weiter als ich je gekommen war und plötzlich nach oben, bis unter die Decke. Dort verlor ich sie in der Dunkelheit.

23.
Also saß ich wieder vor dem einsamen *Hallo*. Nur ein Wort auf einer weiten leeren Seite. Ich hatte es viel zu groß geschrieben. Behielt ich diese Schriftgröße bei, würde meine Begrüßungsrede nicht länger als ein paar Sätze. Aber da war gar keine Rede. Weder auf dem Papier, noch in meinem Kopf. Woraus bestand eine Rede? *Rede* nannte ich es bei mir gar nicht. Ich nannte es gar nichts. Das Wort »Rede« war mir noch nicht untergekommen. Woraus bestand dieses gar nichts, das ich zu verfassen versuchte? Eine Begrüßung, Identifikation, keine Fragen – wer würde antworten? – Blödsinn! Alles Blödsinn. Ein Wort, das ich froh gewesen wäre zu haben. Mangels Schimpfwörter fluchte ich, wie wir es als Kinder getan hatten – mit lauten, mit erfundenen Worten, die nach Ärger, nach Verzweiflung klangen und fegte das leere Blatt vom Tisch. »Hallo«, segelte es zu Boden. »Hallo«, kam es zum Liegen.

24.
Als ich unverrichteter Dinge zu Bett ging, lag da ein Röhrchen auf dem Tischchen unter dem Postrohr. Es war leer. Irgendjemand musste einen schlechten Tag haben. Vielleicht jemand Neues. Jemand, dem man gerade erst in der Schleuse erklärt hatte, was seine Pflicht war.

III. Kommunikation

1.

So viele Wörter in den Seiten meiner Ordner und ich konnte sie nicht beherrschen. Sie schwirrten auf den Blättern hin und her und ich streckte mich nach ihnen, fasste eines, hielt es fest, doch wann immer ich nach dem nächsten griff, wand sich das erste aus meinen Fingern, entschwand. Dann wieder verharrte ein gefangenes Wort regungslos, bis ich drei oder vier dazu gesperrt hatte, nur um beim fünften in Aufruhr zur geraten, einen Aufstand anzuzetteln und sich gemeinsam mit den Zellengenossen zu befreien. Dann stand ich da mit nur dem fünften Wort, das nun das erste war und bloß auf seine Gelegenheit zur Flucht lauerte. Ich hatte die Wörter niedergeschrieben, jedes für sich, und versucht ihre Bedeutungen anhand ihrer Nachbarn zu bestimmen, doch gemeinsam bildeten sie eine Sammlung leerer Konservendosen. Schöne Erinnerungen, lebendig, aber nutzlos. An Erinnerungen kann man sich nicht sättigen. Zwecklos also, daraus eine Rede schreiben zu wollen. Weil es nicht meine Rede werden konnte. Noch nicht. Vielleicht würden sich die Worte ja irgendwann meinem Willen beugen.

2.

Ein Knopf betätigt, den Stuhl herangerückt, das Mikrofon gegriffen, nahe vor den Mund gehalten, erste Seite aufgeschlagen, Luft geholt, den Regler für die Lautstärke gedreht, bis er sich nicht mehr weiter drehen ließ und – ich zögerte einen Moment und dann: »Schlechtes Wetter zum Wählen, schimpfte der

Vorsteher des Wahllokals vierzehn, …«, las ich und: »klappte ungestüm den klatschnassen Schirm zu und zog den Regenmantel aus, der ihm wenig genützt hatte auf seinem atemlosen Spurt vom Auto bis zur Tür, …«. Zwei Seiten, dann machte ich eine Pause und horchte in die plötzliche Stille der Bibliothek hinein. Ich war diese Stille einmal gewöhnt gewesen. Seit ich las, sprach ich auch immer öfter mit mir selbst. Eigentlich nicht mit mir, sondern mit einem unsichtbaren Zuhörer, einem erdachten Ohr, noch bevor ich je ein mechanisches Ohr in Händen gehalten hatte. Nun war sie zurück, die Stille, für einen Moment, bis ich seufzte, ächzte während ich meine Glieder streckte, ein paar Schritte um den Stuhl herum tat und mich wieder setzte. Also: »Sie setzten sich an den Tisch des Wahlvorstands, jeder an seinen Platz, …«. Das Echo meiner Stimme erschwerte mir die Konzentration. Ständig warf mir die schwarze Box unter der Decke meine eigenen vorgelesenen Worte in den Weg. Ich stolperte. »der Wahlvorstehler unterschrieb die Wahl- … Wahlbekanntmachung …« – *Entschuldigung* – Mein Publikum sollte wissen, dass die Worte, die sie womöglich gar nicht kannten, nicht absichtlich falsch und verstümmelt zu ihnen kamen. *Entschuldigung, einen Moment* – sagte ich und setzte mir den Kopfhörer auf, um meine Stimme zu dämpfen. Räuspern und: »und trug dem Schriftführer auf, sie wie gesetzlich vorgeschrieben an der Eingangstür anzubringen …«.

3.

Fünf Seiten ohne Pause las ich laut und geriet dabei mehr und mehr außer Atem. Meine Stimme brach gegen Ende der vierten Seite zweimal an einem langen Wort. Ich hätte es wohl kaum ertragen, mich dabei zu hören, gar doppelt. Die Vibrationen der Stimmbänder schüttelten mich bereits zur Genüge aus dem

Takt. Rednerin war ich keine und auch keine gute Vorleserin. Das Publikum würde sich damit abfinden müssen. Ich hatte keine Worte, die meine eigenen waren, aber einen unendlichen Schatz fremder Worte. Ihre lange verstorbenen Urheber mussten mir meine Dreistigkeit verzeihen. Womöglich hätten sie sich darüber gefreut, vorgelesen zu werden. Warum auch nicht? Was hatten sie von einer stillen Staubexistenz in den kahlen Regalreihen der Bibliothek? So machte ich mir die Bücher also zunutze, als Ersatz für etwas, was es nicht mehr gab, lediglich in meinen Listen – halb am Leben.

Gänzlich ohne Begrüßung setzte ich die mögliche Hörerschaft der Lesung nicht aus. *Hallo* – sagte ich und: *Es spricht die Bibliothekarin aus F-23. Ich lese aus …* – Titel, Autor, Erscheinungsjahr: wie ich es gelernt hatte. Nach fünf Seiten war ich erschöpft und die Stimme versagte mir, also stieg ich durch das Loch in den Korridor und in meine Kammer und warf einen geekelten Seitenblick auf die Toilette. Da waren keine Fliegen, kein Flügelschwirren in der Luft, aber die Erinnerung daran. Seit der Schlacht erleichterte ich mich seltener, hielt es zurück solange ich konnte. Das war ich aus meiner pflichtbewussten Zeit noch gewöhnt. Trotzdem bereitete es mir Unbehagen.

4.

Unbehagen bereitete mir auch ein Traum in jener Nacht. In meinen Träumen wandelte ich für gewöhnlich entweder zwischen Bücherregalen umher, saß an meinem Schreibtisch über Listen oder war ein Kind und fand mich inmitten der stetigen Unruhe des Schlafsaals von G-12. Seltener saß ich im Klassenzimmer und versuchte dem Unterricht zu folgen. In einer realen Unterrichtstunde meiner Jugend, einem Fach, das der Lehrer »Hirnlehre« nannte, hatte man uns erklärt, dass Träume nicht viel zu bedeuten hatten. Man sagte, Träume wären dafür da, den Tag zu verarbeiten, damit wir gutes daraus behielten und schlechtes restlos verdauten. Nicht viel bedeuteten Träume, aber ein bisschen etwas schon. Sie zeigten uns, was gut und was schlecht sei in unserem Hirn, bevor das Hirn dies selbst herausfände. An mehr erinnere ich mich nicht. Das war alles, was ich aus der Traumstunde behalten hatte. Aber Hirnlehre hatten wir einmal in der Woche. Ich versuche mich zu entsinnen, was uns noch beigebracht worden war, aber zurück zum Traum jener Nacht nach meiner ersten Lesung. Er bereitete mir Unbehagen, weil ich darin unter meiner Decke lag, gefesselt und tief in die Matratze gepresst. Die Decke spannte sich wie eine Fessel über meiner Brust und schnürte mir den Atem ab. Dabei bemühte ich mich, einen Blick auf mein Zimmer zu erhaschen, doch egal wie sehr ich meinen Nacken verrenkte sah ich nichts als die tote Glühbirne an ihrem Kabel und dahinter Dunkelheit. Dann kroch Nebel über meine Augen. Im weißen Dunst begannen scharfe Lichtstrahlen rot zu tanzen als suchten sie nach mir. Da versank ich freiwillig noch tiefer in die streng von Moment zu Moment straffere Decke und glaubte bald darin zu ersticken. Ich versuchte nicht zu schreien, denn ich wusste, dass meine Stimme mein Feind war.

5.

Eine Lüge. Der Traum war eine Lüge und ich sehe keinen Sinn darin, ihn länger als notwendig als Wahrheit auszugeben. Ich träumte in jener Nacht nichts oder zumindest nichts von Bedeutung und nichts, woran ich mich später erinnern konnte. Es steckt keine Bosheit hinter dieser Lüge und wenn ich es genau bedenke, würde ich sie nicht einmal so nennen. Der Traum war (soweit er überhaupt war) eine vage Metapher für meine

Sorgen in jener Nacht, die mich zwar nicht bis in die Träume, aber doch bis in die Kissen verfolgten. Ein Bild von diesen Sorgen kann man sich jetzt mit Sicherheit machen. Das habe ich aus meinen Büchern gelernt. Sie werden mir verzeihen, dass sich so einiges davon in meine Realität verirrt hat. Die Bücher und das Funkgerät sind nun schon so lange alles, was ich habe. Die Bücher noch viel länger als das Funkgerät. Natürlich weiß ich, dass ein solches Monstrum aus Metaphern wie ein erfundener Traum zu Zeiten der Schreibenden seinen Platz ausschließlich in Fiktion hatte, in frei erdachten Erzählungen, wie sie die Regale von F-23 füllen und das wird zu Ihrer Zeit nicht anders sein, vermute ich, falls es noch Erzählungen gibt, falls die Zukunft sich von meiner Gegenwart unterscheidet. Was ich niederschreibe hat sich zugetragen. Die eine oder andere Metapher ändert daran nichts und ich fühle mich auch nicht an die Regeln gebunden, denen sich die Schreibenden meiner Bücher unterwarfen. Ich habe schließlich auch meine Pflicht niedergelegt. Aber ich möchte ehrlich sein und ertrage es nicht, Sie länger als nötig zu täuschen. Das habe ich schon geschrieben. Ich wiederhole mich. Entschuldigen Sie.

6.

Am Morgen der ereignislosen Nacht vergessener Träume fand ich ein Röhrchen mit einem Röllchen darin auf dem Tischchen im Korridor. In Erwartung eines Stücks leeren Papiers entrollte ich es und schrak zurück: »F-23, wir hören Sie. Sind Sie sicher, dass es im Bereich Ihrer Pflicht liegt, das Lautsprechersystem zu gebrauchen? H-43 – Kommunikation.«

Eine Frage: Lag es im Bereich meiner Pflicht? H-43 schien es nicht zu wissen. Die Person am Ende aller Postrohre hatte mir eine Frage gestellt! Was beängstigend sein hätte können oder aufregend, euphorisierend, war stattdessen betäubend. Ich las die Worte dreimal und zerknüllte sie in der Faust. Die Unsicherheit des Schreibers aus H-43 erfüllte mich nach etwas Überlegung mit neuer Entschlossenheit. Zurück zum Funkgerät, ans Mikrofon; ich blätterte auf Seite sechs und setzte meine Lesung fort. »…«

Dieses Mal las ich zehn Seiten. Die Stimme versagte mir nicht – bloß ein leichtes Kratzen im Hals – und fand sogar die Kraft noch etwas zu sagen: »An H-43 – ich habe Ihre Nachricht diesen Morgen erhalten und gelesen. Auf Ihre Fragen, ob sich der Gebrauch des Lautsprechersystems im Bereich meiner Pflicht befände zu antworten, befindet sich nicht im Bereich meiner Pflicht. Es tut mir jedoch sehr leid, Ihnen diese Information vorenthalten zu müssen. Ich wünsche Ihnen noch einen schönen Tag. Zu Ihrer Information: Ich werde in einigen Stunden fortfahren.« In meiner Kammer trank ich fünf Schluck Wasser mehr als in meiner Rationierung vorgesehen. Aber das machte nichts, denn die Kalkulation war immer schon für den Fall einer Magenverstimmung großzügig gewesen. Das zusätzliche Wasser wurde für gewöhnlich, bevor neues kam, über die Toilette entsorgt.

7.

Ich fand nicht die Kraft, mich zu entspannen. Stattdessen saß ich mit dem Buch auf dem Bett und las voraus. Am vorhergegangenen Tag hatte ich mich noch davon abgehalten, kam es mir doch vor als betröge ich die Zuhörer damit, mehr zu wissen als sie. Aber im Laufe der Lesung hatten sich erneut mehr und mehr Fehler in meinen Vortrag geschlichen, sodass ich es nun für meine Pflicht hielt (ohne es in meinem Kopf so zu bezeichnen), mich gut vorzubereiten. Sie sollten das Buch hören, wie es vorgesehen war. Sechs Stunden machte ich Pause und las knapp fünfzig Seiten von einer Welt, deren Regeln eigentlich gar keine waren. Nur hatten die Menschen geglaubt, sie seien eisern und da sie sich als weit weniger stringent herausstellten, verlor die Welt ihren Halt zum Guten oder zum Schlechten. Obwohl ich bereits erschöpft war, hielt ich mein Versprechen und kehrte noch einmal zum Funkgerät zurück. Noch 10 Seiten und diesmal eine kurz angebundene Verabschiedung. Dann fiel ich in die Kissen und schlief so tief wie seit langem nicht mehr.

8.

Ein Briefchen von H-43: »Vielen Dank für Ihre mündliche Antwort. Es tut mir leid den Rahmen Ihrer Pflicht, den Sie doch bestimmt besser kennen als ich, in Frage gestellt zu haben. Es war lediglich Überraschung über diese nie gehörte Vorstellung in den vergangenen Tagen, die mich dazu bewog nachzufragen. Wenn ich mir noch eine Frage erlauben darf, dann würde es mich interessieren, warum und wie sich Ihre Pflicht im Gegensatz zu den letzten Jahren verändert hat, um nun auch den Gebrauch des Lautsprechersystems mit einzuschließen.« Ich verweilte ein wenig im Korridor, um mir eine Antwort zu überlegen. Wie lange konnte und sollte ich an meiner Täuschung festhalten? Aber solange mir niemand widersprach, der die Wahrheit kannte, richtete ich durch Lügen nicht mehr Schaden an als durch das Vorlesen selbst. Im Übrigen paraphrasiere ich die Nachrichten von H-43. Viele Wörter und Formulierungen, die ich verwende, wäre niemand in meiner Welt in der Lage gewesen zu verwenden. Woher sollte er auch die Worte dafür kennen? Was in den Briefchen tatsächlich geschrieben stand war schwerer verständlich und bei

Weitem nicht so präzise. Aber glauben Sie mir, wenn ich Ihnen versichere, dass ich nichts dazu erfinde oder verfälsche. Mir ist lediglich an Ihrem Lesefluss gelegen, damit Sie sich nicht damit aufhalten müssen, zwei Sprachen innerhalb einer Sprache zu verstehen.

9.

Bevor ich mich an diesem Tag ans Funkgerät begab, schrieb ich die Notizen des letzten Tages fein säuberlich aus, versah sie mit Verweisen und sortierte sie in die Ordner im Korridor. Bald würde ich eine dritte Reihe beginnen müssen. Aber ich benötigte so oder so nicht so viel Platz zum Gehen. Der Korridor musste für drei Personen konzipiert gewesen sein. Seine Breite engte mir die Brust ein. Einige Momente lang fiel es mir schwer zu atmen. Auch während der ersten Zeilen des Tages schmeckte die Luft dünn und leer. Abgelenkt stolperte ich über die Worte und versuchte zu ergründen, ob mehr oder weniger Staub als gewöhnlich in der Luft lag, aber nach einer Weile wandelte sich meine Atemlosigkeit in haltloses Husten. Ich entschuldigte mich, schaltete das Funkgerät aus und kniete mich neben dem Schreibtisch auf den Boden. Dort zusammengekauert hustete ich, bis mein Rachen brannte und ich einen durchsichtigen Klumpen Schleim zwischen die Stuhlbeine spuckte. Der nächste Atemzug war eine Befreiung und während ich den Schleim mit dem Fuß verwischte, bis er so dünn über den Stein verschmiert war, dass nichts mehr davon zu sehen oder zu fühlen war, fühlte ich eine tiefe Befriedigung. Es war und ist auch heute noch schwer zu beschreiben: Diese Befriedigung. Lassen Sie es mich versuchen.

10.

Lassen Sie es mich so erklären, wie ich es mir damals selbst zu erklären versucht habe. Es war wie das Gefühl, wenn man nach einem langen Tag der Pflichterfüllung endlich aufstehen darf, den Rücken durchstreckt und in seine Kammer eilt, um sich zu erleichtern. Die Erleichterung selbst hat noch nicht stattgefunden, Exkremente und Urin drücken immer noch auf die Organe, aber man weiß, dass es bald vorbei sein wird. Ich kniete da und betrachtete den Schleim zwischen den Stuhlbeinen und sah darin das Kratzen im Hals, das Sekunde für Sekunde mehr und mehr nachließ, und ich sah darin die Angst, die mir den Hals zuschnürte. Der Hals war noch zugeschnürt, aber ich glaubte daran, dass er es bald nicht mehr sein würde. Und danach sehnte ich mich – neben all dem, nach dem ich mich in den letzten Monaten zu sehnen begonnen hatte. Befriedigung war ein Wort, das ich bereits kannte, das bereits kräftig annotiert und ausreichend erklärt in einem meiner Ordner ruhte – aber bis man das Gefühl nicht in solch einer Klarheit verspürt wie ich in jenem Moment begreift man es nicht. All die anderen Momente der Befriedigung, die ich in meinem Leben, der Kindheit, der Jugend, weniger im erwachsenen Alter, aber öfter und öfter seit ich die erste Konserve aus der Abstellkammer gekostet hatte, befriedigt gewesen war, strömten gepackt vom neuen Verständnis ihrer Bedeutung zurück in diesen Moment. Das war Befriedigung: Etwas Großes oder Kleines, das alles Schöne für einen Moment in sich vereint.

Und dies war nur eine Erklärung von vielen für eine einzelne Art von Befriedigung. So vieles konnte einen Menschen befriedigen und niemals war die Befriedigung dieselbe. So wurde es zu meinem Lieblingswort – aber nicht gleich, noch nicht als ich zwischen die krummen Stuhlbeine spuckte und mich diese eine Befriedigung erfüllte.

11.

»An H-43: Auch diese Frage zu beantworten liegt nicht im Bereich meiner Pflicht. Glauben Sie mir, dass meine Verwendung des Lautsprechersystems berechtigt und begründet ist und dass das, was ich Ihnen vorlese, von Wert für Sie ist. Es schadet Ihnen auf jeden Fall nicht.« Dann las ich zehn Seiten und nach einer ereignislosen Pause noch einmal die gleiche Anzahl. Danach las ich das Buch in meiner Kammer zu Ende und war gelähmt. Ich lag auf dem Rücken und dachte über die Regeln meiner Welt nach, die ich kaum kannte, und über die Regeln jener Version einer Vergangenheit, jener Annäherung an die vergangene Wirklichkeit, die ich gerade durchlebt hatte. Wie konnte man unter freiem Himmel so unfrei sein? Wie konnte alles so unklar sein, wenn doch alle sehen konnten, im Sonnenlicht standen. Vielleicht war es keine Eigenheit unserer Abteilungen, dass man nur wusste, was man wissen musste oder wissen wollte. Darin lag wohl die entwaffnende Ehrlichkeit meiner Welt. Zumindest war wahr, was man wusste. Und was man nicht wusste, konnte keine Lüge sein.

12.

Drei Röhrchen auf dem Tisch. Nummer eins: »Vielen Dank für Ihre Antwort. Ich habe soeben zwei Nachrichten erhalten mit der Bitte, sie an Sie weiterzuleiten. Obwohl Nachrichten von einer Abteilung an die andere höchst irregulär sind (mit Ausnahme der Vorratsbestellungen), sehe ich die Weiterleitung solcher Röhrchen im Bereich meiner Pflicht.«

Nummer zwei: »Ich würde Sie bitten, die Ruhestörungen einzustellen. Ich weiß nicht, warum Sie uns täglich belästigen und es stört uns hier in J-5 bei der Ausübung unserer Pflicht. Außer natürlich es befindet sich streng im Bereich Ihrer Pflicht.« Nummer drei: »Es liegt zwar nicht im Bereich unserer Pflicht hier in K-3, uns über die Tätigkeiten anderer Abteilungen zu beschweren, aber wir wären froh, wenn wir verstünden, was Sie uns sagen möchten. Sehr viele Wörter sind uns unbekannt und es fällt uns schwer zu folgen.«

13.

»Obwohl es mir sehr leid tut, dass einige Zuhörer meinem Vortrag nicht vollends folgen können, werde ich nicht von meiner Pflicht abweichen. Ich hoffe allerdings Ihre Schwierigkeiten in den nächsten Tagen zu bereinigen. Eine Frage an H-43: Verfügen Sie ebenfalls über eine Funkeinrichtung? Sollte dem so sein, bitte ich Sie mir dies per Rohrpost mitzuteilen, da ich nicht möchte, dass Sie etwas außerhalb des Bereichs Ihrer Pflicht tun.« Fünfundzwanzig Seiten las ich und legte mich eine Stunde hin. Dann setzte ich mich in den Korridor inmitten meiner Ordner. Tausende Seiten, die ich geschrieben und wieder und wieder studiert hatte, wann immer es ein Buch von mir verlangte. Wie konnten die Menschen in anderen Abteilungen überhaupt nur ein Wort von dem verstehen, was ich ihnen aufzwang? Wortschatz hieß das, was ich besaß. Nein, Wortschatz war, was alle besaßen. Reicher war, was ich besaß – mein Wortschatz war reicher. Ich konnte nicht verlangen, dass nun jede Abteilung dazu überging, eigene Listen zu führen. Aber wie sollten sie verstehen? Oder mussten sie gar nicht verstehen? Aber ich las doch nicht mehr nur für mich und wenn ich für sie las, dann tat ich das gar nicht wirklich, wenn sie mir nicht folgen konnten. Wie gerne hätte ich alle paar Zeilen eine Pause gemacht, um Fragen zu beantworten, wenn man sie nur hätte stellen können. Im Augenblick wollten die meisten bestimmt gar keine stellen. So befremdlich musste ihnen ihr neues, beschalltes Leben erscheinen. Ich fragte mich, ob meine Stimme bis nach G-12 vordrang, ob der Lehrer und die Schwestern, ob die Kinder mich hören konnten – ob die Pflicht mich hörte?

14.

Ein Wörterbuch musste her. Ein kleines, kurzes Wörterbuch – ein Buch der einfachen Dinge aus fremden Welten. Jene Wörter, die andauernd auftraten, die eine Geschichte zusammenhielten. Haus, Stadt, Bahnhof, Auto, Fenster, Computer, Telefon, Liebe, Hass, Hund, Katze, Wolke, Kamera, Küche, Spiegel, Präsident, König, Bauer, Soldat, Polizist, Himmel, Montag, Dienstag, Mittwoch, Donnerstag, Freitag, Samstag, Sonntag. Dieses Büchlein würde zum Buch anwachsen.

Ich war immer gut im Rechnen gewesen. Prozentrechnungen waren mir sehr leicht gefallen. Vielleicht könnte ich die Wörter zählen und damit bestimmen, welche am häufigsten auftraten. Nur die ersten Tausend kämen dann in das Büchleinbuch. Blödsinn. Keine Zeit. Jahrzehnte musste ein solches Unterfangen verschlingen. Dann besser dem Gefühl folgen, die Ordner durchblättern und einfach eine Auswahl treffen. Und war das einmal geschafft, musste ich essentielle Wörter, die ich nicht in das Handbuch mit einschloss, bloß extra nachzuschlagen, wenn sie für das Verständnis einer Handlung unumgänglich waren. Auch das schien kompliziert, aber eine bessere Lösung entzog sich mir.

Ich kehrte noch einmal ans Funkgerät zurück, um meinen Beschluss zu verkünden: »In einigen Tagen werde ich einen Weg gefunden haben, den Verständnisproblemen Abhilfe zu schaffen. Ich bitte Sie um Geduld. Bis dahin werde ich die Vortragszeiten halbieren. Die genaue Länge der Vorträge ist nicht in meiner Pflicht verankert, weshalb ich mir erlaube, diese Entscheidung eigenmächtig zu fällen. An H-43: Vielen Dank für das Weiterleiten der Nachrichten. Ich denke, Sie bewegen sich damit im Bereich Ihrer Pflicht.« Ich überlegte, ob ich mir eine weitere Frage erlauben durfte, sah dann aber keinen Grund, nun noch zaghaft zu sein. »Außerdem bitte ich Sie mir den genauen Wortlaut Ihrer Pflicht mitzuteilen.«

15.

Fünf Röhrchen auf dem Tischchen unter dem Rohr. Nummer eins: »Was ist hier los? Ich gehe seit vierzehntausendsechshundert Tagen hier in L-1 meiner Pflicht nach und habe noch nie ein Wort aus den Lautsprechern vernommen. Bis vor einigen Tagen wusste ich nicht einmal, dass sich in den Abteilungen Lautsprecher befinden. Ich bin sehr besorgt. Obwohl es nicht im Bereich meiner Pflicht liegt, bitte ich Sie um eine Erklärung.« Nummer zwei: »Entschuldigen Sie unsere gestrige Beschwerde. Wir wussten nicht, dass die Ruhestörung sich im Bereich Ihrer Pflicht befindet. J-5.« Nummer drei: »Wir (K-3) hoffen, dass Sie eine Lösung für uns finden. Es fällt uns sehr schwer, uns zu konzentrieren. Eine Frage: Was bedeutet ›Wahl‹? Dieses Wort scheint uns am häufigsten vorgekommen zu sein. Vergessen Sie die Frage, falls die Antwort darauf Teil der kommenden Lösung sein wird.« Ich notierte mir zu den Wörtern für das Handbuch: *Wahl.* Nummer vier: »Das muss aufhören! L-254.« Nummer fünf: »In H-43 befindet sich tatsächlich ein Funkgerät. Es ist

Teil meiner Pflicht, es stets instand zu halten. Es zu verwenden jedoch nicht. Meine Pflicht verbietet es mir nicht ausdrücklich, andere über meine Pflicht zu unterrichten. Ich werde Ihnen den Wortlaut aufschreiben und morgen übermitteln. Ich bin gespannt, an welcher Lösung Sie arbeiten, denn ich muss zugeben ebenfalls sehr wenig zu verstehen.«

Anstatt gleich zum Funkgerät zu eilen, legte ich die aufgerollten Zettelchen fein säuberlich neben jene des Vortags. Dann holte ich einen Stapel Papier aus der Bibliothek in den Korridor und verbrachte eine Stunde damit, die ersten Seiten des Handbuches niederzuschreiben. Erst dann las ich weiter vor. Dreißig Seiten diesmal. Danach arbeitete ich einige Stunden an dem Handbuch, zog ein Buch aus dem Haufen zwischen den Regalen und legte es in meiner Kammer neben das Bett. Ich war müde und schlief ein, bevor ich eine einzige Seite gelesen hatte, und verstand nicht einmal, was in den ersten Zeilen geschrieben stand. Das Kratzen im Hals war verschwunden. Schon den ganzen Tag hatte ich nicht husten müssen, aber es fiel mir erst jetzt auf, da mich mein Hals nicht mehr beim Einschlafen störte. Tiefe Atemzüge ohne Schmerz – Befriedigung.

16.

Aber als die Zeiger der Uhr erst drei Stunden weit gewandert waren, wachte ich auf und konnte allem Wälzen zum Trotz nicht wieder einschlafen. Es gab zu viel zu tun. Ich hatte mir zu viel vorgenommen. Meine Pläne zerrten an der Nachtruhe und kratzten von Innen an meinen geschlossenen Lidern. Rastlosigkeit war der Preis meiner Ambitionen: Ich würde meiner ganzen Welt, nicht bloß meiner einsamen Abteilung, die Sprache der Vergangenheit beibringen. Ich würde die toten Wörter unseres kleinen Sprechens wieder zum Leben erwecken. Ich würde meine Schatzkammern öffnen. Solange die Pflicht keinen Einspruch erhob – und selbst dann. Vier Seiten, die ich in der gestrigen Pause notiert hatte, waren bei Weitem nicht genug. Was waren vier Seiten gegen fünfzig, sechszig, einhundert Ordner? Einhundert Seiten – eine kleine Spende bloß. Aber einhundert Seiten sollten es sein und ich setzte mich hin, breitete mein Werkzeug – Zettel, Stift und einen Ordner – im Kreis um mich aus. Einhundert Seiten. Zweitausend Wörter. Zehn pro Seite, zwanzig pro Blatt – genug?

Eine Ameise, vielleicht jene, die ich mich einmal in den Nacken gebissen hatte – *beißen Ameisen?*, schrieb ich – trug ein Staubkorn oder ein verkrustetes Reiskorn aus meiner Kammer auf mich zu. In meinem Schatten hielt sie inne, kehrte um, beschrieb einen unschlüssigen Kreis und umschiffte meinen Schatten schließlich. Ich folgte ihr mit dem Blick. Beim Durchstieg in die Bibliothek verlor ich sie in der Unschärfe. Ich rieb mir die Augen. Sie brannten. Ich war müde, würde aber nicht mehr rasten.

17.

Während ich las, verschwammen die Buchstaben auf dem Papier. Sie tanzten ineinander, verloren Bedeutung und wurden Wortschlangen: Ministerlokalfraumarschgeschäft. Ich konnte mir etwas darunter vorstellen. Die Kettenglieder hatte ich früher nicht verstanden und obwohl kein solches Wort existierte, war da etwas Greifbares. Das enttäuschte mich und ich wusste nicht warum. Aber ich konnte auch nicht darüber nachdenken. Es forderte zu viel Kraft. So müde.

18.
Fünf Seiten und ein Schwur, dass schon bald eine Lösung käme und dass mein Publikum *verstehen* würde. Handbuch sagte ich, aber auch das verstand wohl niemand. Was war schon ein Handbuch? Ein Lehrbuch kannte man, aber kein Handbuch. Ein Buch für die Hand. Ein Buch in Form einer Hand oder, viel schlimmer, ein Buch aus Händen. Vielleicht war auch Handbuch einmal eine Wortschlange gewesen, bevor es etwas gab, das es bezeichnen konnte. Vielleicht aber war es auch so lange eine Wortschlange, bis ich ein Handbuch geschrieben hatte. Wortschlangen zu töten bereitete mir Unbehagen, aber nun blieb nichts anderes übrig. Ein Falter, eine fliegende Heerschar, eine Schlange. In der Bibliothek starben Geschöpfe. »*Wahl:* Menschen, die in großen Gruppen zusammenleben, suchen sich die Menschen, die die Regeln des Zusammenlebens kontrollieren und neue Regeln schaffen, an einem bestimmten Tag aus. – Es gibt noch andere Bedeutungen dieses Wortes aber das ist die Richtige für den gegebenen Kontext.« *Wahl,* schrieb ich in das Handbuch.

19.
Auf dem Weg zurück zum Durchstieg begegnete mir die Ameise. Sie bahnte sich ihren Weg durch die mikroskopischen Unebenheiten des Fußbodens, beschrieb ihre winzigen Schlangenlinien, doch eilte unbeirrt voran. Ich verlangsamte meine Schritte, um sie dabei zu beobachten. Eine einzelne Ameise – kurios. Ich hatte mir angelesen, dass diese Geschöpfe gewöhnlicherweise in Horden auftraten und gewaltige unterirdische Kolonien anlegten, die sie nicht bloß bewohnten, sondern ständig und unbeirrbar ausbauten. Ich hatte in meinen Ordnern *Ameise* nachgeschlagen und da war tatsächlich ein früher

Beitrag. Er stammte aus dem Buch mit dem Gartenfest und ich hatte ihn mehrmals annotiert. Ich erinnerte mich kaum daran. Lediglich die Gestalt des Tieres war mir in Erinnerung geblieben. Weil die Ameise gegen ihre Natur so einsam in meine Abteilung eingedrungen war, beschloss ich mir einige Minuten zu nehmen, um zu sehen was sie aus meiner Kammer holen würde. Das Handbuch musste warten – kurz warten – zu viel Aufschub durfte es nicht geben. Das Insekt klomm durch das Loch den Korridor, folgte demselben Weg, den es zuvor in die andere Richtung beschritten hatte und bog engstmöglich in die Kammer ein. Ich krabbelte auf allen Vieren hinterher. Der Beton schürfte meine Knie auf, aber das merkte ich erst viel später – ich hatte lange nicht mehr geblutet, auch nicht so, wie es meine Natur vorschrieb. In den Abteilungen unterstand die Natur der Pflicht. Doch! Ich hatte geblutet. Wie konnte ich das vergessen haben? Ich fasste mir an die gerade erst verheilte Wunde auf der Stirn.

Die Ameise krabbelte bis zu meinem Dosenturm, den ich errichtet hatte. Die leeren Konserven ragten in drei Säulen bis auf Augenhöhe im Winkel neben der Toilette hoch und die Ameise bestieg das blank gewaschene Blech. Was hoffte sie dort zu finden? Ich hatte die Dosen gegen den Geruch – von dieser Gefahr hatten wir gelernt – viermal gespült. In jener Woche musste meine Körperhygiene zurückstehen. Auf halber Höhe verschwand das Insekt im Inneren des Turmes. Durch einen kaum sichtbaren Spalt war sie hineingeschlüpft und kehrte daraus dreißig Sekunden später zurück in die Sichtbarkeit – ein Stück zur Unkenntlichkeit vertrockneten Pfirsichs hoch übers Haupt erhoben. Sie trug die verkommene Frucht als wäre sie nicht größer als ihr eigener Leib. Das Bröckchen musste zwei- oder dreimal so schwer sein wie das Tier und dennoch manövrierte die Ameise senkrecht über das Blech zurück nach unten. Unwillkürlich betrachtete ich meine eigenen Arme – so dünn, so schwach, so müde. Wie schwer es mir gefallen war, die Kiste aus der Kammer durch die Regalreihen zu zerren. Bei dem Gedanken keuchte ich. Beinahe hätte ich die Ameise aus den Augen verloren. Aber ich erhaschte einen Blick auf sie als sie den Pfirsichrest zwischen meinen Beinen hindurch trug und zurück in den Korridor strebte. Ungebremst von ihrer Last marschierte die Ameise an meinen Ordnern vorüber, würdigte sie keines facettenäugigen Blickes und kletterte durch das Loch. In der Bibliothek folgte sie der Mauer in die Dunkelheit und ich hatte Mühe sie von Lichtkegel zu erwachendem Lichtkegel zu verfolgen. Aber ich lies sie nicht entfliehen. Genau an jener Stelle, wo sie mir bei unserem ersten Zusammentreffen entkommen war, begann die Ameise erneut ihren Aufstieg. Dieses Mal konnte ich nicht zulassen, dass sie mir entschwand, also riss ich einen Wälzer nach dem anderen aus dem Regel in meinem Rücken, ließ die dünnen Büchlein dazwischen traurig zur Seite kippen und stapelte sie zur Trittleiter aufgetürmt an der Mauer. Gerade noch, bevor die Ameise den Lichtschein knapp unter der Decke verließ, bestieg ich zwei Meter über dem Boden die letzte Stufe und stieß mir beinahe den Kopf an der für die Weite des Raumes niedrigen Decke. Da sah ich das Tier in die Wand eintauchen durch einen Schlitz, den ich noch nie gesehen hatte. Noch eine Spalte! Einmal hatte ich geglaubt, die Bibliothek sei eine dichte Box ein geschlossener Raum bis auf die Schleuse, die Toilettenspülung, den Schacht und die Rohre – aber da war ein Schlitz und darüber noch einer und noch einer und noch einer: Acht Schlitze mit kleinen Blechstreifen dazwischen und einem Blechrahmen rundum, der an seinen Ecken mit der Mauer verschraubt war – ein Lüftungsgitter und dahinter ein Lüftungsschacht.

20.

Vier Röhrchen am Morgen. – Nummer eins: »Wann ist endlich Ruhe!? J-254.« Nummer zwei: »Wir hier in K-3 möchten Sie nicht unter Druck setzen, aber auch heute konnten wir kaum etwas verstehen. Das Wort ›Wahl‹ fällt uns schwer zu begreifen. Wir bitten Sie um weitere Erklärungen.« Nummer drei: »Ich entnehme den aus unserer Zimmerdecke gesprochenen Worten, deren Pflichtmäßigkeit ich in Frage stelle, dass einige Abteilungen das Rohrpostsystem ohne pflichtgemäße Grundlage verwenden. Obwohl ich keine Regeln zu zitieren weiß, die das verbieten, möchte ich nahelegen, das weitere Handeln gut zu überlegen.« Nummer vier: »In den vergangenen Stunden sind dreiundvierzig Röhrchen bei mir in H-43 eingegangen, die an Sie adressiert sind. Jedoch war es bereits zu spät, diese vor der Nachtruhe noch auszusortieren. Bevor ich mich nun an diese Arbeit mache, frage ich Sie: Wollen Sie all diese Nachrichten erhalten?« Wollte ich diese Röhrchen erhalten? Noch nie hatte man mich nach meinen Wünschen gefragt. Eigentlich wollte ich sie nicht erhalten. Keine Frage – es war belebend, Stimmen aus den Abteilungen in meinem Kopf zu hören – aber dreiundvierzig Nachrichten? Wie sollte ich jemals auf so viele Fragen antworten? Und womöglich waren es keine Fragen, sondern Anschuldigungen, Beschimpfungen, Beschwörungen.

Vor allem anderen: »Schicken Sie mir die Röhrchen weiter. Obwohl es mir schwerfallen dürfte, alle Anfragen zu beantworten und es sich nur am Rande meiner Pflicht bewegt dies zu tun, will ich Sie nicht zur Nachlässigkeit verführen.« Ich hatte mich allein zur Rebellion entschlossen. H-43 wusste es nicht besser und sollte dafür keine Strafe riskieren. Also öffnete ich die Schleusentore. Schleusentor war ein schönes Wort, so vielseitig, obwohl ich mir kaum vorstellen konnte, was es bezeichnete. Schleusentor: *Eine Tür in einer großen Mauer, die Wasser zurückhält* – schrieb ich, weil ich das in einem Buch gelesen hatte. Aber auch in meiner Abteilung gab es ein Schleusentor, das ganz bestimmt kein Wasser zurückhielt. Also noch eine Bedeutung: *Eine Art Tor, die immer in Paaren auftritt, mit einem Zwischenraum*. Vielleicht so.

»Die Lösung des Verständnisproblems rückt näher. Hier in F-23 wird hart daran gearbeitet«, sagte ich und las zwanzig Seiten vor. Nur zwanzig – weil ich zu tun hatte.

21.

Tage vergingen und die Röhrchen meiner Zuhörer kamen in Wellen über mich. Zuerst vierundzwanzig dann vierunddreißig dann sechundvierzig und ich verlor den Willen, mich mit ihnen zu befassen. Sie fragten mich, was ich denn täte, warum ich vorlese (obwohl kaum jemand wusste, dass ich nicht frei heraus erzählte), aber die allermeisten schüttelte es vor Angst, dass sich irgendetwas Unerhörtes, Unerwartetes, Unerlaubtes in unserer Welt zutrug. Solche Furcht. Niemand gab diese Angst zu, aber sie war offenbar. Es war als sprächen wir im Klassenzimmer vor dem Lehrer in Rätseln, deren Lösungen wir uns in der Nacht zuvor ausgemacht hatten. Wir fragten nach Dingen, die wir bereits wussten und vereinbarten damit ein Spiel für die Zeit, wenn die Schwestern bereits fort waren. Aber es gab kein Spiel – nur heimliche Furcht. Furcht vor etwas derart Schlimmem, dass man nicht einmal zugeben konnte davon zu wissen. Ich hatte nichts zu sagen, um meinem Publikum die Angst zu nehmen, außer: »Ich versichere Ihnen, dass sich meine Vorträge im Bereich meiner Pflicht befinden.« Niemand außer dem Mann oder der Frau an den Rohren in H-43 glaubte mir. Sollten Sie eben schlottern. Meine Antworten blieben wohl überlegt und bemüht neutral die gleichen. »Ich versichere Ihnen, dass sich meine Vorträge im Bereich meiner Pflicht befinden.« Und für jene, die sich bloß darum sorgten, nichts zu verstehen: »Die Arbeit an einer Lösung für Ihr Verständnisproblem schreitet stets voran. Es kann sich bloß noch um Tage handeln.« Und für jene, die sich gestört fühlten: »Es ist bedauerlich, dass Sie sich in der Ausübung Ihrer Pflicht behindert fühlen, aber Sie müssen sich scheinbar daran gewöhnen, dass es nun Teil Ihrer Pflicht ist, mir zuzuhören. Anders kann es nicht sein, denn es befindet sich im Bereich meiner Pflicht Ihnen vorzutragen.« – Hilflose Versuche zu verleugnen, dass die Pflicht selbst zuhören musste. Es konnte nicht anders sein. Wenn meine Übertragungen den Röhrchen zufolge alle Abteilungen erreichten, schien es mir mehr als wahrscheinlich, dass auch die Pflicht oder die Quelle aller Pflichten, was auch immer sie in ihrer Gesamtheit war, mich deutlich vernahm. Und gleichzeitig fühlte ich nicht dieselbe Furcht wie das Publikum. Jedes Gefühl von Angst war verflogen, verflog stets mehr mit jeder verzweifelten Botschaft aus dem Rohr. Weiter. Einfach weiterlesen. Weiter, weiter, weiter, weiter, weiterlesen.

22.

Tage vergingen und das Buch näherte sich seinem Ende – dem tragischen Ende um einen jaulenden Hund und einen furchtbaren Mord. Trotzdem konnte ich nicht anders als zu lächeln. Eine Heldin, die früher einmal eine gewesen war, fiel der unbegreiflichen Gewalt des Selbstzweckes zum Opfer und ich saß an meinem Schreibtisch und lachte, lachte, lachte. Die Briefmenge nahm ab. Fünfzehn Tage nach der ersten Lesung erreichten mich vier Briefe und einer von H-43. Drei Briefe: Einer mit Fragen nach der Bedeutung eines Wortes und zwei wütende Beschwerden – diese kümmerten sich nun nicht länger um vorsichtige Formulierungen. Vier Briefe: Das hieß alle anderen hörten einfach zu. Sie hörten mir einfach zu und akzeptierten meine Stimme oder hatten es aufgegeben, sich dagegen zu stemmen.

Also das Ende, bevor ich meine Erklärungsflut über die Abteilungen hereinbrechen lassen würde. Auch das fühlte sich gut an – heldenhaft, euphorisch: befriedigend.

23.

Tage vergingen und ich hörte auf, die Röllchen zu lesen. Weniger als drei am Tag wurden es nie. Nur die Nachrichten der Kommunikationsabteilung las ich und antwortete darauf im Vorfeld meiner Lesungen. »Soll ich weiterhin die Nachrichten der anderen Abteilungen an Sie weiterleiten? Ich frage, weil mir aufgefallen ist, dass Sie die Fragen und Beschwerden nicht mehr beantworten. H-43.« »An H-43: Schicken Sie die Nachrichten weiterhin. Zu gegebener Zeit werde ich alle Fragen und Beschwerden wieder aufgreifen.« Das hatte ich nicht vor. »Da sich in Abteilung H-43 ebenfalls ein Funkgerät befindet und ich mit dessen Wartung betreut bin, es aber noch nie aktiviert habe, möchte ich Sie fragen, wie die Verkabelung eines solchen Gerätes funktioniert. Es befindet sich nicht im Bereich meiner Pflicht, die einzelnen Komponenten jemals zusammenzusetzen und dementsprechend habe ich es auch nicht vor, aber ich denke es wäre von Vorteil darüber Bescheid zu wissen.« Ich tat als wüsste ich mehr als ich wusste und erklärte es ihm so gut ich konnte. »Vielen Dank für die Ausführungen das Funkgerät betreffend. Ich denke, dass ich mit Ihrer Hilfe meiner Pflicht besser nachkommen kann.« Und einmal schrieb die Person aus H-43: »Ihre Verpflegungsbestellung ist gestern hier in der Abteilung angelangt und darin fehlt die angeforderte Wassermenge. Soll ich diese ergänzen, bevor ich die Bestellung weiterleite?« Ich lächelte und steckte das Briefchen unter meine Matratze. Es befand sich gewiss nicht im Bereich seiner Pflicht, so etwas zu fragen, lag es doch nicht einmal im Bereich seiner Pflicht, mich überhaupt irgendetwas zu fragen. Aber er tat es, weil er es konnte oder weil er sich dazu überwinden konnte.

24.

Tage vergingen und das Buch näherte sich nicht mehr seinem Ende sondern erreichte es. Ich hatte die letzten paar Seiten über mehrere Lesungen gestreckt, jeden Tag kürzer und langsamer vorgelesen, weil ich keinen neuen Roman anfangen wollte, bevor nicht das Handbuch komplett war. Aber nun war es komplett. Einhundert Seiten, eintausend Wörter und deren Bedeutungen so gut es ging anhand anderer Wörter derselben eintausend beschrieben und anhand von Wörtern, die jeder in den Abteilungen bereits als Kind im Schlafsaal oder im Klassenraum gelernt haben musste. Einhundert Seiten – mein erstes Buch, auch wenn es nichts erzählte und keinen Einband hatte. Eigentlich war es bloß ein Stapel Blätter, lose in den Ringen eines Ordner. Aber war das nicht fast schon ein Buch? Ein Wörterbuch. Ich saß auf dem Boden und starrte es an, las laut daraus vor, ohne etwas zu verstehen. Ich las trotzdem, weil ich es geschrieben hatte, und das erfüllte mich mit Stolz.

Die Ameise trug ein weiteres Fruchtstückchen an mir vorbei. Sie tat dies jeden Tag. Geradlinig bis zur Mitte des Korridors, dann eine weite Kurve um mich herum und weiter zum Durchstieg. Sie beschrieb diese Kurve auch, wenn ich nicht inmitten des Korridors saß. Das Tier vermied meinen Körper und meine Gewohnheiten gleichermaßen. Dieses Mal beschloss ich, ihr wieder zu folgen. Es fiel mir leichter als zuletzt. Das Insekt hielt sich strickt an seinen Pfad und wieder verschwand es in die Tiefen des Lüftungsschachts und ich musste hinterher. Mit den Fingern zwischen die Blechstreifen des Gitters geschoben und dahinter eingehakt riss ich daran und gegen meine Erwartungen lösten sich die Schrauben fast ohne Gegenwehr aus der Wand. Sie lösten sich auch aus dem Gitter und tänzelten über die Stufen meiner Büchertreppe hinab. Ihnen folgten vier unsichtbare Staubkaskaden. Ich fühlte sie auf den Füßen und zwischen den Zehen.

25.

Da lag ich mit in die Bibliothek baumelnden Beinen in der Enge des Lüftungsschachtes. Die Arme ins Nichts gestreckt, die Lungen voller Staub und die Augen aufgerissen, geweitet in Panik. Die Ameise war fort, war behände mit ihrer Beute tiefer in die Mauer, womöglich um eine Biegung oder senkrecht empor, entkommen und ich steckte fest. Vielleicht hatte ich erwartet, eine kleine Ameisenkolonie zu finden oder vielleicht hatte ich geglaubt zu schrumpfen, um dann dem Eindringling in seine Welt zu folgen. Aber am Ende war der Lüftungsschacht bloß ein Lüftungsschacht. Gemacht für Luft und Ameisen und nicht für Bibliothekarinnen auf der Suche nach Erkenntnis. Ein Abenteuer, einen Ausbruch vielleicht sogar, eine Flucht, für die ich sogar mein Funkgerät und meine Bücher zurückgelassen hätte. Nichts davon wurde real. Es blieb wie ich selbst auf halbem Wege stecken.

Obwohl ich abgenommen hatte und über dem Lesen des Öfteren zu essen vergaß, erlaubte mir die Breite meines Beckens nun kein Vorankommen mehr und der Winkel meiner Arme und die Spiegelglätte des Schachts auch kein Zurück. So würde mich die Pflicht oder wahrscheinlicher die nächste Bibliothekarin also vorfinden. Das hilflose Hinterteil eines Skelettes. Ich lachte darüber und hustete Staub, weil ich nicht daran glaubte. Ich fürchtete mich auch nicht. Etwas winden, etwas drehen und ich wäre frei. Notfalls kalter Angstschweiß als Schmiermittel. Ich sterbe nicht auf Ameisenjagd. Aber trotzdem: Vielleicht ist der nächste Lüftungsschacht enger. Nichtsdestotrotz schwor ich mir, hinein zu klettern. Als ich mich wenig später befreit hatte, setzte ich mich zu Füßen der Büchertreppe, lehnte mich zurück. So döste ich ein. Ich hatte keine Lust auf das Bett und die weiche Matratze. Ich hatte Lust auf Beton, Papier und Rückenschmerzen.

26.

Lüftungsschacht, sagte ich und – *Öffnung in der Wand, durch die Atemluft in die Abteilung gelangt. Die Gitter werden Ihnen womöglich bereits einmal aufgefallen sein. Sie befinden sich vermutlich an unscheinbaren Stellen in Ihrer Abteilung knapp außerhalb Ihrer Reichweite, knapp unter der Decke. Lüftungsschacht* – wiederholte ich.

»Heute werde ich nicht auf Ihre Zuschriften antworten. Überhaupt werde ich bloß noch auf einen kleinen Teil reagieren. Keine Erwähnung mehr finden werden von heute an: Aufforderungen, meine Aktivitäten einzustellen. – Ich werde Ihr Wohlbefinden nicht vor meine Pflicht stellen. Klagen darüber, dass Sie nicht verstehen, was ich Ihnen vorlese. – Sollten Sie trotz der heute vorgetragenen Erklärungen zu Begriffen nicht folgen können, seien Sie beruhigt. Diese Ausführungen werden stetig ergänzt und mit der Zeit sollten Sie in der Lage sein, die Geschichten ebenso sehr zu genießen wie ich selbst.« Von Genuss hätte ich nicht sprechen sollen. »Sollten Ihnen Papier und Schreibzeug zugänglich sein, empfehle ich mitzuschreiben. Ich werde Wörter für Sie buchstabieren.«

27.

Das Wörterbuch verschlang drei Lesetage. Die Wiederholung meiner eigenen Erlebnisse, des Erforschens und Verstehens brachte mir keine Befriedigung. Obwohl ich mir die Gesichter und Gedanken meiner Zuhörer vorzustellen versuchte, schöpfte ich daraus nur Leere. Die Vorstellungen blieben hohl. Ich hatte so lange schon keine echten Gesichter mehr gesehen. Schwestern, den Lehrer und die anderen Kinder, zuletzt den alten Bibliothekar. Sie waren nicht echt. Ihre Züge waren Fälschungen, die mein Geist aus Erinnerungsfetzen geschneidert hatte und nun versuchte er aus den gleichen Fetzen noch einmal neue Gesichter zu konstruieren. Am Ende ergaben sich Fratzen, Albtraumvisionen von verstümmelten Gesichtern mit fehlenden Nasen, Ohren, Augen, hohlen Wangen, aufgeblähten Körpern, fingerlosen Händen. Als ich am vierten Morgen aufwachte und mich erinnerte, am Vortag die letzten Worte vorgetragen zu haben, unterdrückte ich den Wunsch zu weinen. Befriedigung. Trotzdem sehnte ich mich danach, weiter zu lesen. Hätte ich bloß mit meinen Zuhörern im gleichen Raum sein können, hätte ich bloß ihre Stimmen gehört und ihren Atem gefühlt. Meine Haut brannte vor Einsamkeit. Mir wurde heiß und ich weinte tatsächlich. Nicht mehr aus Erleichterung, sondern aus tiefer Trauer. Da schleppte ich mich auf allen Vieren und nackt aus meiner Kammer und wie bereits ungezählte Male zuvor durch den Korridor und fand kaum die Kraft in die Bibliothek zu steigen. Ich verharrte vor dem Durchstieg, tränengeblendet. Der Brustkorb krampfte im Versuch, sich auf einen einzigen Punkt hin zu verdichten. Um der Implosion entgegenzuwirken, schlug und fuchtelte ich um mich, bis ich mit dem großen Zeh des rechten Fußes gegen die Wand stieß und aufbrüllend gegen das Ende meiner Ordner stolperte. Die Ordner fielen trotz der Stiefelbuchstützen reihum und ich hielt die Faust um den gesplitterten Zehennagel geschlossen. Blut rann zwischen den Fingern hindurch und über meinen Handrücken. Dann fasste ich mich. Ein stummer Befehl zog aus meinem Kopf durch mich, stellte die Tränendrüsen ruhig, lähmte die krampfenden Glieder und ließ mich allein mit dem Pochen des verwundeten Zehs zurück.

28.

»Es gibt keinen Grund, ein Buch über Moser zu schreiben, und es gibt keinen, es nicht zu schreiben; und ist es schon einmal geschrieben, ist das kein ausreichendes Motiv, es zu lesen.«, stand da und so las ich es vor. Ein Satz ohne schwierige Wörter. Motiv vielleicht, aber Motiv war unter den eintausend Wörtern meines Wörterbuches. Die Zuhörer sollten es also verstehen. Ein Name: *Moser.* Dass es sich dabei um einen Namen handelte, sollte aus dem Kontext zu verstehen sein. Trotzdem kein einfacher Satz. Warum sollte gerade dieser am Beginn einer Geschichte stehen? Warum die Geschichte abwerten, sie als unnötig und das Lesen als etwas zu Rechtfertigendes bezeichnen? Etwas, was motiviert sein will. Aber gerade darum wollte ich wissen, wer Moser war, warum gerade er so unwichtig und uninteressant sein sollte. Ob es meinem Publikum genauso ging, war fraglich, aber sie mussten sich meiner Wahl fügen. Also las ich laut: »Es gibt keinen Grund, ein Buch über Moser zu schreiben, und es gibt keinen, es nicht zu schreiben; und ist es schon einmal geschrieben, ist das kein ausreichendes Motiv, es zu lesen.« Und weiter: »Manchmal zählen die ungelesenen Bücher zu den besten.« Die Einsamkeit von vor wenigen Minuten war verebbt. Meine Stimme trug keine Spur von ihr. Ich las laut und stet. Zwanzig Seiten, dann stellte ich eine Frage: »Konnten Sie folgen?« und biss mir sogleich beim Gedanken an die Röllchenflut auf die Lippen. Ich verbat mir weiterzusprechen und brach die Lesung für den Tag ab. Den Rest des Tages verbrachte ich damit, die eingesandten Röhrchen des Tages ungeöffnet zurück nach H-43 zu schicken. Zuletzt schrieb ich auf ein Zettelchen: »Damit Ihnen die Röhrchen nicht ausgehen – F-23.«

29.

Elf Röhrchen am Morgen: 1. »Nein, ich konnte Ihnen nicht folgen! – L-9« 2. »Wessen Aufzeichnung lesen Sie uns vor? Sind dies Protokolle einer Abteilung? Ich kann mir kaum vorstellen, in welcher Abteilung sich so etwas zugetragen haben soll. Sollte es dennoch so sein, fürchte ich, dass sich diese Abteilung nicht im Rahmen ihrer Pflicht bewegt. – N-4« 3. »Nein! – B-11« 4. »Bitte hören Sie damit auf.« 5. »Ja, wir konnten folgen. M-22« 6. »Es ist immer noch schwer zu verstehen.« 7. »Ich habe eine Anfrage an H-43 geschrieben, die die Kommunikationsabteilung an die zuständige Abteilung weiterleiten wird. Dann erfahren wir hier hoffentlich endlich, ob Sie sich wirklich im Rahmen Ihrer Pflicht bewegen. – M-23« 8. »Ich verstehe kaum etwas. – C-67« 9. »Woher stammen diese Geschichten? – K-32« 10. »Die Ruhe der Nachtschicht wird durch diese täglichen Vorträge gestört. Aber wir verstehen viel mehr als vorher. – F-1« 11. »Danke für die gestrige Zusendung Ihrer extra Röhrchen. Der Vorrat in H-43 reichte zwar noch aus, aber sollte sich die gegenwärtige Entwicklung weiter fortsetzten, könnten sie durchaus in einiger Zeit zur Neige gehen. Ich habe den heutigen Vortrag genossen und viel mehr, wenn auch noch nicht viel, verstanden. Vielleicht könnten Sie bei Gelegenheit Ihre Erklärungen wiederholen. Das Funkgerät habe ich aus der Kammer geholt und Ihren Ausführungen gemäß gewartet. Vielen Dank.«

30.

Geschichte stand auf dem neunten Röllchen, *Protokoll* auf dem zweiten. Das Wort: Geschichte, etwas Erzähltes, etwas Wahres oder Unwahres, hatte ich schon vor dem Ende meiner Pflicht gekannt. Nur wusste ich nicht woher. Der Lehrer musste es uns erklärt haben. Zu welchem Zweck wir es kennen sollten, konnte ich mir nicht erklären, doch der Lehrer hatte es uns nicht grundlos beigebracht. Kein Augenblick war an für eine zukünftige Pflicht Wertloses verschwendet worden. Trotzdem hatte ich das Wort gekannt. Es lag mir stets unmissverständlich auf der Zunge: Geschichte. Auch der Schreiber aus K-32 gebrauchte es ganz selbstverständlich. Protokolle nannte es der Schreiber aus N-4. Es gab noch so viel zu erklären, also begann ich den nächsten Vortrag mit: »Was ich Ihnen jeden Tag vortrage ist Fiktion« und war mir sogleich nicht mehr sicher, dass es so war. »Vermutlich handelt es sich um Fiktion«, korrigierte ich, »Die Geschichten sind nicht wirklich passiert oder wurden stark verändert.« Immer noch war ich mit der Beschreibung unzufrieden. Ich versuchte es noch einmal und scheiterte. Noch einmal – auch das traf es nicht. Noch einmal.

Noch einmal. Noch dreimal und je öfter ich versagte, desto näher kam ich einer korrekten Erklärung, kreiste sie ein, ohne sie jemals wirklich zu finden. Irgendwann gab ich den Versuch auf und war dennoch zufrieden, öffnete das Buch und las Mosers grandios mäandernde Geschichte vor.

IV. Konversation

1.

Der neue Alltag, meine neue Normalität frei von Pflicht als bewegungslose Revolutionärin, hatte sich mit Hochgefühlen eingeleitet. Jedoch schlich sich zur Mitte des zweiten Buches, das ich öffentlich vortrug, eines verwirrenden und bedrückenden Werkes, täglich für einige Stunden diese brennende Einsamkeit hinter meine Wangen. Dann weinte ich. Es dauerte so lange, diese Bücher vorzulesen, dauerte eine Ewigkeit, meine Schätze zu teilen und dabei hörte scheinbar kaum noch jemand zu. Die Briefe waren endgültig versiegt. Es überraschte mich, wie sehr ich die Beschwerden vermisste. Nur H-43 schrieb weiter, aber seine Fragen wurden zusehends belangloser. Was hätte er auch schreiben sollen? Was gab es zu wissen, das ich preisgeben konnte oder nicht bereits gesagt hatte oder nicht uninteressant war? Zu allem Überfluss konnte ich mich nicht mehr dazu bringen, alleine in meiner Kammer zu lesen. Die Lektüre schien mir plötzlich sinnlos, obwohl ich während meiner letzten Versuche noch einen halben Ordner füllte. Den neuen Wörtern fehlte das Gefühl der Errungenschaft.

Die Ameise sah ich selbst noch nach zwei Wochen aus dem Augenwinkel ihre täglichen Wege bestreiten, aber ich folgte ihr nicht mehr. Wenn ich das Ende ihrer Strecke nicht erreichen konnte, sah ich darin keinen Sinn. Irgendwann kam sie nicht mehr. Die Konserven mussten endgültig leer sein, bis aufs Blech blankgeputzt. Auch meine Bemühungen, Tag für Tag tiefer in die Bibliothek hinein zu wandern, die an die Stelle meiner abendlichen Lektüre getreten waren, hatte ich schnell wieder aufgegeben. Es ging immer geradeaus und hörte niemals auf. Die Bibliothek war unendlich und ich war es nicht. Also verließ ich mich darauf, dass es irgendwann von selbst besser werden würde. Eines Morgens, als ich entschied, dass es Morgen war, erwischte ich mich bei dem Wunsch, eine Liste zu schreiben – keine Wortliste, eine Bücherliste. Eine solche Langeweile hatte ich noch nie gekannt. Als ich meiner Pflicht nachgegangen war, hatte ich Angst mich zu langweilen, obwohl ich dafür gar keine Zeit hatte und danach war alles neu, gefährlich und verlockend.

Jetzt aber gehörte die Zeit mir und ich fühlte mich mir selbst gegenüber verpflichtet, sie mit meinem eigenen Willen zu füllen. Ich wollte mehr und in der Bibliothek gab es nichts außer Büchern. Ich liebte die Bücher, aber ich wollte sie lieben, weil ich sie lieben wollte, nicht weil sie alles waren, was ich hatte. Ich hatte ein Funkgerät, aber das tat nichts als meine Stimme zu verschlucken. Es gab nichts zurück. Vor allem jetzt, da ich keine Beschwerden mehr erhielt. Ich quälte mich und hörte trotzdem nicht auf. Ich sprach ins Mikrofon und quälte mich. Ich schlief und quälte mich. Ich lief im Kreis und quälte mich. Aber ich hörte nicht damit auf. Bis ich eines Tages aufhörte.

2.

Ich hörte auf. Ich hörte auf vorzulesen. Ich hörte auf durch die Bibliothek zu wandern. Ich hörte auf zu essen. Ich hörte auf zu trinken und zu schlafen und hörte auf mich einsam zu fühlen und hörte auf mich zu langweilen. Es wurde still in der Bibliothek. Von einem Tag auf den anderen wurde es still. Ich saß auf dem Bett, die Knie an die Brust gezogen, die

Haare vors Gesicht hängend, vor die Augen und den Mund. Es wurde dunkel in der Kammer und laut in meinem Kopf.

3.

Ich schreibe dies und fühle mich als säße ich wieder dort in der Finsternis, die ich einmal so geliebt habe. Einmal war die absolute Einsamkeit eines schwarzen Zwischenraumes, das Alleinsein ohne mich selbst, ohne meinen störenden Körper, eine Zuflucht gewesen, die mir in ihrer Stille meine erste Erleuchtung beschert hatte. Jetzt sah ich darin nichts – nichts zu beschreiben. Einfach nichts. Es nagte an mir und ich begann zu verschwinden.

Die Finsternis war nicht heilsam, nicht friedlich. Sie war ein Sturm oder sie peitschte einen Sturm vor sich her. Nach zwei Tagen der Starre und des angestrengten in die Stille Horchens, verlor ich die Fähigkeit im Dunkeln auf dem Bett auszuharren. Wann immer die Glühbirne in meiner Kammer erlosch, und sie tat dies von selbst, wenn ich mich lange genug nicht gerührt hatte, griff ich panisch in der Leere nach der Schnur. Jede Sekunde, die ich sie nicht zu fassen bekam, raste mein Herz und zitterten meine Hände. Bald schmerzte das Licht in den Augen, aber trotzdem erlaubte ich ihm nicht länger als einige Augenblicke zu verlöschen. Mein stummer Geist, mein verschwundenes Ich, die Stimme, die mir früher, sogar bereits bevor ich von meiner Pflicht ausgewählt worden war, meine Gedanken vorsprach, murmelte bloß noch Unverständliches und es fiel mir schwer, die verworrenen Worte zu sortieren. Was ich mir selbst zu sagen versuchte war wie die Worte des ersten Buches, das ich vor mehreren hundert Tagen gelesen hatte.

4.

Ein Stück Papier musste meine Rettung sein. Ein kleiner Fetzen, den ich einmal aus Versehen von einer Seite meines Wörterbuches abgerissen hatte. Ich griff danach als es sich zwischen den Falten der auf meinem Buch zusammengeknüllten Decke zeigte und hielt es vor mir hoch. Es war blank. Eine unbeschriebene Ecke und kein Stift zur Hand. Ich war so lange alleine und wusste nun nicht, wie ich das jemals ausgehalten hatte. Es war so viel schlimmer, nicht ganz allein zu sein und ignoriert zu werden. Ich war ein Teil des Tages geworden, jeden einzelnen Tages. Meine Stimme, die teils Unverständliches von sich gab, von Dingen sprach, die meine Zuhörer unmöglich schon begreifen konnten, war so schnell bloß noch Aspekt ihrer Pflicht geworden. Sie ertrugen es und das ertrug ich nicht. Es blieb mir nichts als um Hilfe zu bitten. Das Klopapier ging zur Neige und die Rationen, das Wasser. Es war Zeit, eine Bestellung abzuschicken. «Rationen (7), Wasser (50l), Toilettenpapier (Klasse D), Stromverbrauch unverändert. Vielen Dank.«, schrieb ich und las ich auf dem Papierstreifen. Aber ich setzte nicht ab, sondern schrieb weiter einfach, um … einfach so. Ich schrieb also darunter: «Ich wünsche Ihnen allen eine wunderschöne Woche und beste Gesundheit!« Mit Ausrufezeichen!

Und während ich das abgerissene Stück Papier zusammenrollte und in ein Röhrchen schob und das Röhrchen in das Rohr, zog es meinen Blick zu dem Körbchen mit den eingegangenen Röhrchen. Da lag ein Geschlossenes neben den alten Geöffneten und ihren achtlos verstreuten Papierstreifen. Ein neues Röhrchen. Meine Nachricht wurde eingesogen und machte sich auf die Reise. Das vergaß ich sogleich.

5.

»Zweiunddreißig Nachrichten warten darauf weitergeleitet zu werden. Soll ich sie Ihnen schicken? Ich frage, da ich seit einigen Tagen nichts mehr von Ihnen gehört habe. Sollte sich Ihre Pflicht erneut geändert haben, bitte ich Sie darum mir dies mitzuteilen. In diesem Falle werde ich alle weiteren Einsendungen entsorgen. H-43.«

Ich schrieb: »Schicken Sie mir alle.«, saß unter dem Tischchen und senkte das Kinn auf die Brust. Ich musste zurück. Einige Tage in die Vergangenheit, in die alte Normalität, die selbst nicht alt war. Gerade noch war sie neu gewesen. Die Uhr zurück zu drehen schenkte einem keine Lebenszeit, das hatte der Lehrer uns erklärt, aber womöglich bekam ich eine zweite Chance, etwas anders zu gestalten. Kein Stillstand. Keine Stille. Weiterlesen – das Buch, das Wörterbuch, die Briefchen und Zeit, Pläne zu machen. Da vernahm ich das Geräusch von Röhrchen, die sich in mein Körbchen ergossen. Die Aufschläge von Metall auf Metall waren nicht auseinander zu halten und dennoch meinte ich zu wissen, dass es exakt zweiunddreißig sein mussten.

6.

Zweiunddreißig Nachrichten: 1. Eine Beschwerde. Eine wundervolle Beschwerde. Die Drohung nun endlich, nachdem man sich doch zurückgehalten habe, eine Meldung machen würde. Ich könne doch nicht einfach derart meine Pflichten vernachlässigen. An wen wollte man mich melden? Egal: Die Handschrift eines Fremden und das Wissen, dass man mir noch zuhörte – zuhören wollte. 2. Die Frage, ob es keine anderen Bücher bei mir gäbe. 3. Die Frage, ob die letzte Geschichte schon zu Ende gewesen sei, weil man nicht das Gefühl habe, sie verstanden zu haben. 4., 5., 6. und so weiter. Alle wollten wissen, warum ich aufgehört hatte. Man dachte an mich oder daran, was ich tat – meine gefälschte Pflicht. Zweiunddreißig Botschaften aus neunzehn Abteilungen – ein Auftrag und Gewicht, das sogleich an mir zu zerren begann. Aber es war tragbar und ich fand den Willen es zu tragen.

7.

Ich sprach ins Mikrofon und quälte mich – aber nur einen Augenblick lang. Dann sammelte ich Atem und Wort und sagte: »Verzeihen Sie mir« – *u*nd wollte sagen: *Ich habe gelogen.* Stattdessen sagte ich: »Ich werde weiterlesen. Morgen werde ich weiterlesen.«

Ich wartete auf das Geräusch ankommender Röhrchen. Als meine Knie zu schmerzen begannen, ließ ich mich fallen und lag auf dem kalten Grund weit ausgestreckt. Da fiel ein Röhrchen aus dem Rohr, landete fast geräuschlos im Körbchen und erlaubte mir, mich zu entspannen. Keine Pläne zu schmieden, keine Gedanken an den nächsten Schritt, das nächste Buch, die notwendige Verschleierung zu verschwenden, erschien mir ein Rückfall, doch ich schloss die Augen und blieb wo ich war bis meine Glieder schmerzten.

8.

Mosers Geschichte verlief im Kreis und in stetiger Tristesse. Die Mühsal eines Lebens unter freiem Himmel, in einer komplexen, komplizierten Welt, die Nichtteilnahme ebenso bestrafte wie meine eigene, und erwies sich als unglückliche Wahl für meine Rückkehr. Aber ich hatte vor dem Verstummen damit angefangen und erlaubte mir nicht, das Buch unvollendet zur Seite zu legen. Wäre nur ich es gewesen, die die Dekonstruktion der Muldenstraße nie erlebt hätte, wäre das nicht schlimm gewesen. Den hilflosen Zuhörern, den wenigen, die meinem Vortrag aufmerksam folgten, wollte ich die Geschichte in ihrer Ganzheit nicht vorenthalten. Das ewig rotierende Leid Mosers, der nur im Gefängnis Worte für sein Erleben fand, wenn es still war, wenn die stumme Macht der Wärter ihn vor seiner Selbstzerstörung bewahrte, widersprach meinen Vorstellungen der frischen Luft, der freien Menschen vergangener Tage. Aber sie waren nicht frei, konnten sich nur frei bewegen, konnten sich ihre Pflicht selber wählen. Die Pflicht, bevor sie offen herrschte. Aber sie herrschte schon immer. Ich stellte es mir dennoch grandios vor, nichts von ihr zu wissen, wünschte mir im Freien zu leben, sie nicht zu kennen und nur an den Rändern ihre Fingerspitzen fühlen zu müssen. Aber vielleicht waren wir in den Abteilungen auch die Glücklichen, vielleicht war die unehrliche Vergangenheit kein Paradies, wenn einer wie Moser so sehr leiden musste. Zu schwere Lektüre, zu viele Gedanken, zu viele Ablenkungen und wie Moser ergriff mich Unrast. Als das Buch ausgelesen war und Moser in die Vergangenheit zurückfiel endete meine Ruhepause. Vorwärts.

9.

»An H-43. Vor einiger Zeit richteten Sie die Frage an mich, wie ein Funkgerät jener Art, wie ich es zur Ausübung meiner Pflicht verwende, korrekt zusammenzubauen und zu zerlegen sei – zu Wartungszwecken selbstverständlich.« – zweites Röhrchen – »Nun bitte ich Sie mir mitzuteilen, ob die Wartung erfolgreich war. Lässt sich das Funkgerät aktivieren? Überprüfen Sie das aber nur, falls der Rahmen Ihrer Pflicht eine solche Handlung erlaubt.« Ich wartete eine halbe Stunde, dann fand ich ein Röhrchen im Körbchen. »Es befindet sich nicht im Rahmen meiner Pflicht, das Funkgerät zu aktivieren oder es zu verkabeln. Jedoch habe ich Ihre Ausführungen folgend die Einzelteile des Gerätes begutachtet, gereinigt und sortiert. Ich bin mir sicher für den Fall, dass meine Pflicht es jemals von mir verlangen sollte, in der Lage zu sein es zu aktivieren und dass das Funkgerät einsatzbereit ist.« Auf der Rückseite: »Ich wünsche Ihnen einen wunderschönen Tag.« Ich glühte und meine Finger zitterten bei dem Versuch zu schreiben. »Zu Ihrer Information: Das Funkgerät in F-23 sendet auf folgender Frequenz …«. Ich notierte die Zahlen auf der matten Anzeige. »Ein Signal auf dieser Frequenz wird von den Lautsprechern in den einzelnen Abteilungen empfangen. Auch das Funkgerät selbst ist in der Lage zu empfangen. Zu diesem Zwecke muss die zweite Anzeige auf der linken Seite dieselbe Zahl wie jene auf der rechten Anzeige des sendenden Geräts darstellen. Eine Kommunikation zwischen zwei Geräten ist also möglich, wenn linke und rechte Anzeigen beider Funkgeräte gegensätzlich eingestellt sind. Um zu senden, muss der Knopf am Mikrofon (Sprechgerät) betätigt und gehalten werden.« Abgeschickt. Dieses Mal konnte ich nicht vom Tischchen weichen. Ich stützte mich darauf und starrte in den schwarzen Schlund des Rohres und erinnere mich kaum geblinzelt zu haben, bis es geräuschlos H-43s Antwort ausspie. »Vielen Dank. Für den Fall, dass meine Pflicht es jemals von mir verlangen sollte, sehe ich mich nun in der Lage das mir zu Wartung überantwortete Funkgerät zu bedienen.« Nichts auf der Rückseite.

10.

Ein Buch auswählen, ein dünnes, und die ersten Seiten blätterte ich durch, ohne sie zu lesen. Ich überflog die Wörter, ließ nicht zu, dass sie Sätze formten. Das Bild auf dem Umschlag missfiel mir. Ich brachte es zurück ins Regal, holte ein neues hervor und legte es neben meinem Kopf auf das Kissen. Darauf war die Abbildung eines Jungen, der mir vorwurfsvoll in die Augen sah. Ich hielt seinem Blick stand, bis das Licht in meiner Kammer ausging und ich zu erschöpft war, die Schnur zu ziehen.

11.

In der weiten Welt freier Himmel hatten die Menschen einander bekämpft. Sie waren sich ihrer Pflichten nicht einig, ihrer Ressorts und stritten darum, erschlugen sich, weil sie nicht die gleiche Sprache sprechen wollten, weil sie sich unterschieden oder weil sich Nachbarn seit Generationen verabscheuten und weil irgendjemand es ihnen erlaubte, es ihnen befahl, sie dazu überredete, sie belog. Ich konnte gar nicht alle Gründe nennen und sie auch nicht verstehen und bis heute kenne ich sie nicht. Nur ein paar. Was ich aber wusste war, dass niemals alle Kämpfenden auch kämpfen wollten, dass die allermeisten lieber niemanden getötet hätten. Vollkommen egal. War die Entscheidung getroffen, dann wurde geschlachtet und wer die Entscheidung getroffen hatte, war für die Sterbenden selbst dann nicht mehr wichtig, meistens unwissbar. Manche, die zuvor geglaubt hatten nicht zu hassen und nicht töten zu wollen wurden zu begeisterten Schlächtern, zu Mördern und Folterknechten, andere waren es heimlich schon immer. Manche wollten sich heraushalten aus allem, obwohl man ihnen nach dem Leben trachtete, nur weil sie waren wer sie waren. Sie erzählten sich, dass es sie nichts anginge und doch kümmerte sich die Gewalt nicht um ihren Selbstbetrug. So erging es dem Lehrer in meinem nächsten Buch. Das Töten erfüllte seine Welt. Das war die gleiche Welt wie jene des Gartenfestes, wo bloß Bienen zum Sturm bliesen. Das war die gleiche Welt wie Mosers Muldenstraße, aber nicht die gleiche Geschichte – erfunden oder nicht – verformt und doch die Wahrheit. So weit war die Welt unter freiem Himmel.

12.
Ich las das Buch in nur zwei Sitzungen zur Gänze vor. Zweimal sechs Stunden. Noch nie hatte meine Stimme so lange gehalten und der Hals schmerze mir nicht einmal als ich am nächsten Tag erwachte – dafür litt ich an steifem Nacken und müden Gliedern. Anstatt zum nächsten Buch überzugehen, las ich eine Stunde aus meinem Wörterbuch vor. Obwohl der Lehrer und das Kind auf den letzten Seiten lebendig nach Hause gekommen waren, hatte ich genug von den Schrecken der letzten beiden Bücher. All das Unglück hatte meine Nerven blankgelegt und ich zitterte.

13.
Vierundfünfzig Nachrichten. So viele waren es noch nie gewesen. Ich freute mich, las aber nur eine Handvoll. Die üblichen Beschwerden und eine einzige aus einer Abteilung, die noch nie etwas geschrieben hatte. »Ich höre Ihnen seit Wochen aufmerksam zu und obwohl ich nicht viel verstehe, freue ich mich jeden Tag, Ihre Stimme zu hören. Danke sehr. J-1«. Dieses Röllchen legte ich auf den Tisch neben die Lampe. Den Rest schicke ich ungeöffnet zurück und stellte mir vor, dass sich darunter noch weitere Danksagungen befanden.

Danke zu sagen, wenn jemand einem etwas Gutes tut, selbst oder vor allem wenn es die Pflicht von ihm verlangt, hatten wir gelernt und uns nicht zu beschweren, wenn uns Unangenehmes getan wird, solange die Pflicht von jemandem verlangte es uns anzutun. Alles was getan wurde war irgendjemandes Pflicht. Aber wenn es etwas Schönes war, etwas, was uns ernährte, dass uns gesund pflegte oder uns etwas lehrte, dann sollten wir uns dafür bedanken. Ansonsten schweigen. Dank hatte ich selten ausgesprochen, überhaupt wenig gesagt, nur untereinander, wenn wir alleine waren, im Dunkeln unter den Decken – dabei kümmerten wir uns wenig um unsere Umgangsformen und man ließ uns gewähren. Wir hatten schließlich noch keine Pflicht, die es uns verbat.

Diese Danksagung zu lesen und mir andere ausmalen zu dürfen hatte ich H-43 zu verdanken, aber ich schrieb an diesem Tag kein Briefchen. Dafür machte ich mir eine Notiz, um es nicht zu vergessen.

14.

Ich sagte: »Danke« und rang nach den richtigen Worten, meinen Zuhörern begreiflich zu machen wofür ich mich zu bedanken versuchte. »Danke« sagte ich und beließ es dabei. zweiundsechzig Nachrichten und ich las keine davon. Stattdessen verfasste ich selbst eine: »26,265«. Als die Zahl im Rohr verschwand glaubte ich ein Geräusch daraus zu vernehmen. Ein periodisches Sägen, ein stimmliches Kratzen wie ein winziger Schrei – ein Zirpen und das Geräusch eines furchtbaren Zusammenprallens, der Luftzug eines ankommenden Röhrchens und es fiel in das Körbchen. Daran klebte der zertrümmerte Körper eines Insekts. Braun und schleimig der krumme Leib einer Grille. *Grille* – hatte ich vor langer Zeit geschrieben und: *Insekt, groß, erzeugt Abends ein Geräusch, Zirpen?* Die Beine des Tieres waren abgerissen worden. Eines lag neben dem Röhrchen im Körbchen und ein anderes klebte im Rohr. Die Grille zuckte noch und spannte die zerfledderten Flügel auf als hoffte sie darauf einfach fortfliegen zu können. Sie suchte nach ihren Beinen, vielleicht um ein Abschiedslied anzustimmen. Ich hob das Röhrchen auf und schabte das sterbende Insekt an der Tischkante ab. Nachdem es zu meinen Füßen endlich starb hob ich es auf, legte es in eine leere Dose und warf die Dose in den Schacht in der Bibliothek. Erst dann las ich die Nachricht. »26,265 – H-43«.

15.

»Hallo«, sagte ich und »Hören Sie mich?« – Nichts. Ich wiederholte »Hallo« und »Hören Sie mich?« – Stille. »Wenn Sie mich hören, drücken Sie die Taste unten am Mikrofon und sprechen Sie.« – Nichts. Einen Tag lang rotierte ich durch meine Fragen und Erklärungen. Ich unterbrach sie nur um eine Stunde lang aus dem Wörterbuch vorzulesen und beschloss meinen Vortrag mit »Vergessen Sie nicht den Kopfhörer.« Mehr traute ich mich nicht an alle gerichtet zu verraten. An diesem Tag erhielt ich keine Antwort und anstatt zu Bett zu gehen strich ich zwischen den Regalen umher. Ich überflog Titel und betrachtete Buchrücken, konnte mich nicht entscheiden und brachte es auch nicht über mich, wie sonst zufällig auszuwählen. Noch ein Tag Wörterbuch und einen Tag lang »Hallo« und »Hören Sie mich?«. Zweiundvierzig Nachrichten und nichts von H-43. Zweiundvierzig sandte ich ungeöffnet zurück. Noch ein Tag Wörterbuch und einen Tag lang »Hallo« und »Hören Sie mich?« Dreiundvierzig Nachrichten. Dreiundvierzig ungeöffnet zurück. Dann öffnete ich einen großformatigen Wälzer, ein schweres Buch mit geschundenem Umschlag und dem Bild eines einäugigen Wesens zwischen Bücherstapeln darauf. Ich las zwei Stunden lang von Büchern und fantastischen Lebewesen, eine Geschichte aus einer fremden, frei erfundenen Welt. Sie musste erfunden sein, weil sie jener vergangenen Welt, aus der ich bisher vorgelesen hatte, zu fremd war, um ihr vorausgegangen zu sein oder gemeinsam mit ihr existiert zu haben. In ihr spiegelte sich die ferne Vergangenheit der Welt unter freiem Himmel und auch Fetzen ihrer Gegenwart. Sie war ein vertrautes Zerrbild. Alles Fiktion in konzentrischen Kreisen. Ich notierte später: *Fantasie* und konnte das Wort noch nicht näher beschreiben, obwohl ich wusste, was es war. Ich notierte: *Dinosaurier* und *Echse* und verwies auf das Wort: *Reptil.* Weiter wusste ich nicht.

16.

Einhundertfünf Nachrichten. Ich öffnete keine davon, stellte mir vor, sie alle enthielten Danksagungen, schickte sie aber auch nicht zurück. Stattdessen legte ich sie hinter der Leselampe in den Schatten und sprach ins Mikrofon. »Hallo«, sagte ich und »Hören Sie mich?« – Nichts und dann ein Knistern. Auf das Knistern folgte wieder nichts und ich drückte die Taste, sagte: »Hallo« und »Hören Sie mich?« – Knistern und dann ein Flüstern. Worte, so schwach, dass ich nichts davon ausmachen konnte. »Wiederholen Sie das bitte. Etwas lauter.« Knistern, dann schwere Atemzüge. »Sprechen Sie bitte laut in das Mikrofon und halten Sie die Taste gedrückt.« Wieder das Atmen und dann: »Hier spricht H-43. Können Sie mich hören?« Es war die Stimme eines Mannes. Alt oder jung – er klang nicht wie der Lehrer, aber auch nicht wie die Kinder. Seine Stimme war zierlich, hauchdünn und zitterte doch in den tiefsten Tonlagen durch die Laute. »Ich höre Sie«, sagte ich. »Wer hört mich sonst noch?«, fragte H-43. »Niemand – wenn ich die Technik richtig verstanden habe.«

»Könnten Sie das wiederholen?«

»Niemand«, sagte ich und anstatt zu sprechen seufzte H-43 tief ins Mikrofon. Eine Pause, das Knistern – dann: »Sie sind die Bibliothekarin aus F-23?«

»Wer sollte ich sonst sein? Erkennen Sie meine Stimme nicht?«

»Natürlich erkenne ich Ihre Stimme. Ich frage bloß um sicher zu gehen.«

»Ich habe seit Jahren keine Stimme mehr gehört.« Eine Träne löste sich aus meinem Augenwinkel und in meinem Hals verengten sich alle Muskeln. Einen Moment lang blieb mir die Luft weg und als H-43 zu schluchzen begann, gab es auch für mich kein Halten mehr. Wir weinten abwechselnd in unsere Mikrofone ohne Worte über die Lippen zu bringen. Tränen und Rotz rannen in klebrigen Strömen über mein Gesicht in meinen Mund, über mein Kinn und tropften mir auf die Brust. Erst, als wir erschöpft waren und keine Tränen mehr übrig hatten, unsere Lippen spröde waren und die Augen brannten, verstummten wir bevor die Worte zu uns zurückkehrten.

Zuerst sprach H-43: »Liegt es im Rahmen Ihrer Pflicht mich zu kontaktieren?«

Ich hatte genug vom Lügen. »Nein.«

»Das dachte ich mir. Haben Sie keine Angst?«

»Ich fürchte mich, aber ich fürchte mich schon so lange, dass es keinen Unterschied mehr macht.«

»Was ist Ihre Pflicht? Ich vermute Sie sollten gar nicht aus ihren Büchern vorlesen. Habe ich recht?«

»Und Sie sollten Ihr Funkgerät nicht aktivieren. Sie sollten nicht mit mir sprechen und Sie sollten mir keine Nachrichten weiterleiten.«

»Ich weiß.«

»Fürchten Sie sich nicht?«

»Ich fürchte mich jeden Tag.«

»Ich fürchte mich nicht mehr. Nur manchmal.«

»Was ist Ihre Pflicht?«, wiederholte H-43 die unbeantwortete Frage.

»Meine Pflicht: Ich stehe um sieben Uhr auf. Um acht Uhr setze ich mich an meinen Tisch und betätige den Hebel. Der Arm legt ein Buch auf den Tisch. Ich sehe mir das Buch an und fülle die Liste aus. Ich betätige den Hebel erneut. Der Arm greift sich das Buch und stellt es zurück. Ich betätige den Hebel erneut. Wenn die Liste voll ist, loche ich sie und lege sie in den Ordner. Wenn der Ordner voll ist, stehe ich auf und werfe ihn in die Klappe. Ich nehme einen neuen Ordner aus einer der Truhen neben der Klappe. Jedes neue Blatt Papier versehe ich mit einem Raster und mache daraus eine Liste nach Vorlage derer, die ich soeben ausgefüllt hatte. Ich lese niemals mehr als notwendig. Das ist meine Arbeit bis acht Uhr abends. Um ein Uhr darf ich eine halbe Stunde pausieren und etwas essen. – Und was ist Ihre Pflicht?«

H-43 räusperte sich hörbar. »Meine Pflicht: Ich stehe um sechs Uhr auf. Um sieben leere ich alle Röhrchen aus den Containern unter den siebenhundert Röhren in den Sortierzimmern aus und sortiere Sie nach Themenbereich. In einen Korb die Versorgungsbestellungen, in einen Korb die Notfallreparaturen und in einen Korb alles andere. Die Versorgungsbestellungen stecke ich in Röhre Nummer eins, um Sie an N-1 weiterzuleiten. Die Notfallreparaturen stecke ich in Röhre Nummer sechs, um sie an L-22 weiterzuleiten. Die sonstigen Röhrchen entleere ich, vernichte die Röllchen und werfe die leeren Röhrchen in den dafür vorgesehenen Container. Wenn diese Arbeit erledigt ist, notiere ich die Menge und Herkunft aller sonstigen Röhrchen, schreibe die Informationen auf ein Röllchen, stecke es in ein Röhrchen und das Röhrchen in Rohr einhundert. Keine Pausen.«

»Also missachten Sie Ihre Pflicht. Genauso wie ich.«

»Nicht genauso wie Sie. Nur ein wenig. Aber das ist genug. Oder zu viel.«

»So habe ich auch angefangen. Nur ein wenig.«

»Ich fürchte mich.«

»Es hat keinen Sinn, sich zu fürchten. Es ist ja schon zu spät, es ungeschehen zu machen.«

»Ich fürchte mich trotzdem.«

»Und ich freue mich.«

»Ich freue mich auch. Und ich fürchte mich dabei. Weil ich mich nicht freuen sollte.«

»Ich finde wir sollten uns freuen.«

»Ich weiß nicht, ob es wichtig ist, was Sie finden.«

»Für mich ist es wichtig.«

»Aber wer sind schon Sie?«

»Ich bin die Bibliothekarin von F-23 und ich habe entschieden mich zu freuen. Sie können das auch.«

»Aber ich fürchte mich.«

»Lassen Sie sich Zeit.«

»Wie viel Zeit habe ich denn?«

»Ich weiß es nicht. Ich missachte meine Pflicht schon länger und mir ist nichts passiert.«

Eine Minute lang rührte sich nichts am anderen Ende. H-43 war stumm, vielleicht war er aufgestanden, vielleicht vor Angst umgekippt, aber ich wollte ihn nicht drängen und wartete geduldig.

»Was lesen Sie uns morgen vor?«, fragte er schließlich.

»Das Buch, das ich gestern begonnen habe.«

»Ich habe nicht viel davon verstanden. In dem Buch geht es um Bücher?«

»Scheint so. Und um jene, die sie schreiben. Aber nicht wirklich. Das Buch ist viel fantastischer als die zuvor. Es geht um jene, die Bücher schreiben hätten können, wäre ihre Welt real.«

»Glauben Sie es gibt eine Abteilung, wo Bücher geschrieben werden?«

»Das könnte sein, aber ich glaube nicht.«

»Wie viele Bücher gibt es in F-23?«

»Über fünfunddreißig Millionen.«

»Haben Sie sie gezählt?«

»Nein. Das hat mir der Lehrer erzählt, bevor man mich nach F-23 gebracht hat.«

»Schade, dass es so lange dauert, ein Buch vorzulesen. Immer wenn Sie ein neues vorzulesen beginnen, hoffe ich das Ende zu erfahren. Aber irgendwann werden Sie nicht mehr lesen und irgendwann werde ich nicht mehr zuhören. Dann kenne ich das Ende nicht.«

»Sie haben recht. Ich werde nicht alle Bücher fertig vorlesen können. Aber ich bin noch nicht alt. Ich habe noch Zeit.«

»Ich bin auch nicht alt.«

»Sehen Sie, wir haben Zeit.«

»Ich gehe nun zu Bett. Können wir morgen weiterreden? Um sieben?«

»Ja gerne, um sieben.«

Es war wieder still in der Bibliothek und es war wieder still in der Kommunikationsabteilung. Meine Augen brannten. Ich hatte, ohne es zu merken, die ganze Zeit über geweint und war erschöpft.

17.
Da reiste ein schreibender Saurier in eine Stadt aus Büchern, eine Stadt, die den Büchern gehörte. Dort lebte man Bücher, las und schrieb und lauschte unaufhörlich aber vor allem verdiente man Geld an ihnen. Obwohl ich kaum wusste, was Geld einmal gewesen war, es nur erahnen konnte, erfühlen, so verstand ich doch, dass der Saurier dessen Stellenwert in dieser Stadt als Beleidigung empfand und sich dennoch danach sehnte. Er schien sich nicht sicher zu sein. Der Saurier erkundete die Stadt, wie ich einst am ersten Tag die Bibliothek erkundet hatte, und verirrte sich darin. Wir beide fanden Bücher, zu viele um sie je alle zu lesen. Ohne es zu merken, las ich sechs Stunden lang vor. Ich flog durch die Seiten, las so schnell, dass ich über Worte stolperte und nicht anhielt sie zu korrigieren. Die Seiten zierten des Öfteren Abbildungen, die die Worte unterstützend ausformten, die Welt der ungreifbaren Fremdheit enthoben. Erst eine breit eingerahmte Überschrift ließ mich innehalten, aus dem Wahn erwachen. Es war fünf Minuten vor sieben und ich hatte den ganzen Tag lang nicht gegessen, mich nicht erleichtert. Also verabschiedete ich mich von den Zuhörern, schloss die Augen und sah Bücherwände vor mir, nicht aus Metall, sondern hölzern und voll kunstvoller Bände. Ich eilte in meine Kammer, trank einen Schluck Wasser, hielt den Harndrang zurück und griff mir eine Ration, um sie vielleicht während des Gesprächs zu essen, obwohl ich nicht hungrig war. Mein Magen wand sich in Vorfreude.

18.
»Hallo« und »Können Sie mich hören?«, sagte ich und musste dieses Mal kaum länger als einen Atemzug lang warten.

»Ja, ich höre Sie.«

»Wie geht es Ihnen heute?«, fragte ich.
»Ich habe schlecht geschlafen.«
»Ich auch.«
»Haben Sie die Nachrichten von gestern gelesen?«
»Nein. Sie?«

»Ich lese alle Nachrichten, bevor ich sie weiterleite. Sonst könnte ich sie nicht sortieren.«
»Ich lese nicht mehr alle. Es dauert zu lange und sie wiederholen sich.«
»Ich denke, Sie sollten die Nachrichten von gestern lesen.«
»Wieso?«
»Weil man Ihnen Fragen stellt. Man bezieht sich noch auf das vorhergehende Buch. Ihre Antworten würden mich interessieren.«
»Gut, ich werde Sie lesen.«
»Gut.«
»Wie gefällt Ihnen die Geschichte des Sauriers?«
»Sie gefällt mir und verwirrt mich.«
»Was gefällt Ihnen daran?«
»Die Geschichte geht ständig voran und obwohl ich wenig verstehe, habe ich das Gefühl alles zu verstehen. Das habe ich wohl Ihren Erläuterungen zu verdanken. Ihrem Wörterbuch.«
»Und was verwirrt Sie?«
»Wie jemand so etwas schreiben konnte. Was muss jemand gesehen haben, dass ihm so etwas einfällt. Wie gut muss einer seine Welt kennen, um sich daraus einen neue zu bauen?«
»Ich verstehe Sie gut. Ich versuche mir ständig die Welt der Schreibenden vorzustellen. Aber die Ausschnitte aus den Büchern und die wenigen Bilder sind nicht genug. Vielleicht irgendwann.«

»Ich glaube, wenn Sie mit einem Buch fertig sind, mir etwas vorstellen zu können. Aber das verfliegt nach einem Augenblick. Ich hoffe deswegen immer, dass die Bücher nicht zu lang sind. Damit Sie schneller zum Ende kommen. Nicht, weil es mich nicht interessiert, was Sie vorlesen, sondern für den Moment am Schluss. Verstehen Sie? Ich glaube, ich drücke mich nicht gut aus. Verzeihen Sie mir.«

»Nein, nein. Ich verstehe Sie gut. Leiten Sie bitte die nächsten Tage keine Nachrichten an mich weiter. Ich werde sie nicht lesen können.«

19.

Einhundertfünf Nachrichten lesen. Ich beschloss sie erst zu sortieren, sie ihren Röhrchen zu entnehmen, aufzurollen, eine nach der anderen nur ganz kurz zu betrachten, ob mir wütende Worte und Beschwerden ins Auge fielen, diese zur Seite zu legen und nur den Rest genauer zu lesen. Vierundsechzig blieben übrig und nach genauer Betrachtung waren es zehn, die Fragen enthielten. Davon wiederholten sich einige: Ist das Buch wirklich aus? Was ist weiter passiert? Sind die Ereignisse in dem Buch wirklich geschehen – oder handelt es sich um Unwahrheiten? Könnten Sie uns, sofern Sie es wissen und es Ihre Pflicht erlaubt, am Anfang jedes Vortrags darauf hinweisen, ob es sich um einen Bericht oder Fiktion handelt? – Ich paraphrasiere die Fragen, wie alles Gesprochene und Geschriebene. Aber das wollten sie wissen – die Zuhörer; jene, die wirklich zuhörten anstatt mich zu verfluchen. Wie sollte man darauf antworten? Was wusste ich schon wirklich? Ich ahnte, glaubte meine Bücher durchschaut zu haben, aber getraute ich mich wirklich mein Vielleichtwissen in alle Abteilungen zu verteilen? Niemand würde mir widersprechen. Die

Zuhörer würden was ich sagte als die Wahrheit annehmen. Ich wollte sie nicht belügen. Aber ein Irrtum war keine Lüge.

20.
»Vorweg möchte ich versuchen einige Fragen, die Sie mir betreffend des letzten Buches vor einigen Tagen gestellt haben, zu beantworten. Bitte verzeihen Sie mir, wenn mir das nicht zu Ihrer vollsten Zufriedenheit gelingt.« Ich ersparte mir die Floskel vom Rahmen der Pflicht. »Danach möchte ich einige Regeln aufstellen, um die Beantwortung zukünftiger Fragen und den Ablauf gegenseitiger Kommunikation zu vereinfachen. Erstens: Ist das Buch wirklich aus? Ja. Zweitens: Was ist weiter passiert? Da das Buch aus ist, kann ich das nicht beantworten. Ich denke, es war die Intention des Schreibenden, das weitere Schicksal der beiden nicht auszuführen. Zu welchem exakten Zweck weiß ich nicht. Drittens: Sind die Ereignisse in dem Buch wirklich geschehen? Ich denke die Ereignisse im Speziellen sind fiktiv, basieren aber auf einem grundsätzlichen Geschehen, das sich vor langer Zeit wirklich zugetragen hat. Das entnehme ich den der Geschichte beiliegenden Texten.« Und so verbrachte ich die erste Stunde meines Vortrags. Stammelnd und nach Antworten ringend. Ich hatte gewusst, dass ich, obwohl ich glaubte große Teile meiner Sprache entschlüsselt zu haben, nicht alles, nicht jederzeit und schon gar nicht alle Bedeutungen in den Seiten meiner Bücher verstand, aber wie wenig ich eigentlich mit Sicherheit sagen konnte, erschreckte mich und inspirierte mich zugleich.

21.
Händeringend beantwortete ich die Fragen so gut ich konnte und fühlte Scham, wann immer ich mir etwas ausdachte. Sie

würden es nie erfahren. Sie würden glauben was auch immer ich ihnen sagte und dennoch brachte ich es nicht über mich zu viel Unwissen zuzugeben. Ich würde nicht lügen und hatte auch in meinen Antworten dieses Mal nicht gelogen, sondern immer zugegeben, wenn ein Detail bloß meiner eigenen Interpretation entsprang, und würde es auch weiter so halten. Selbst den Menschen jener Welt, der diese Bücher entsprungen waren, war sicher öfter nichts anderes übrig geblieben. So gewaltig schien mir diese Welt. Niemand konnte sie vollständig kennen und alles verstehen, was ein Schreibender über sie erzählte oder in sie hinein imaginierte. »Ich hoffe, dass ich Ihre Fragen auf befriedigende Weise beantworten konnte. Morgen werde ich erst noch einmal aus dem Wörterbuch vorlesen und das Buch weiterlesen. In einigen Tagen werden Sie mir wieder Fragen stellen können. Verzeihen Sie mir, dass ich bis dahin nicht auf Ihre Fragen reagieren kann. Die Fragen sollten sich auf das Vorgelesene beziehen und keine Allwissenheit voraussetzen. Ich weiß von der Geschichte nicht mehr als Sie, habe aber die Möglichkeit nachzulesen und verfüge über größeres Vokabular. Vielen Dank.«

22.

»Hallo« und »Können Sie mich hören?«, sagte ich.

»Ja, ich höre Sie.«

»Haben Sie auch eine Frage?«

»Nein. Keine, die Sie noch nicht beantwortet hätten.«

»Wie denken Sie sollte ich weiter verfahren?«

»Ich glaube, die meisten Zuhörer verstehen noch nicht genug, um Ihnen folgen zu können. Sie sollten jeden Tag aus dem Wörterbuch vorlesen.«

»Und Sie verstehen mehr?«

»Ja, ich verstehe mehr.«

»Wie kommt das? Woher kennen Sie die Worte?«

»Ich bin die Kommunikationsabteilung. Als ich in die Abteilung kam, betrat ich vom Korridor her die Schleuse. Dort saß eine alte Frau.«

»Was hat sie gesagt?«

»Sie sagte: Du stehst um sechs Uhr auf. Um sieben leerst du alle Röhrchen aus den Containern unter den siebenhundert Röhren im Sortierzimmer aus und sortierst sie nach Themenbereich. In einen Korb die Versorgungsbestellungen, in einen Korb die Notfallreparaturen und in einen Korb alles andere. Die Versorgungsbestellungen steckst du in Röhre Nummer eins, um sie an N-1 weiterzuleiten. Die Notfallreparaturen steckst du in Röhre Nummer sechs, um sie an L-22 weiterzuleiten. Die sonstigen Röhrchen entleerst du, vernichtest die Röllchen und wirfst die leeren Röhrchen in den dafür vorgesehenen Container. Wenn diese Arbeit erledigt ist, notierst du die Menge und Herkunft aller sonstigen Röhrchen, schreibst die Informationen auf ein Röllchen, steckst es in ein Röhrchen und das Röhrchen in Rohr einhundert. Keine Pausen.«

»Das war alles? Das erklärt nicht …«

»Dann gab sie mir ein Büchlein. Ein Notizheft. Darin standen achtundfünfzig Seiten Wörter mit exakten Definitionen. Die alte Frau meinte, ich würde das Heftchen brauchen, um alle Nachrichten sortieren zu können. Nicht alles würde ich im Klassenzimmer gelernt haben. Dieses Heftchen hilft mir, Sie zu verstehen.«

»Könnten Sie mir den Inhalt des Heftchens abschreiben? Ich würde es gerne lesen.«

»Das werde ich machen. Ich habe noch einige Stunden bevor ich zu Bett gehen muss.«

»Danke.«
»Gute Nacht.«
»Gute Nacht.«

23.
Da erwachte ein Saurier in einer Welt wie der meinen, einer dunklen Welt mit Wänden aus Büchern und er konnte sie nicht alle lesen, wollte sie nicht lesen, verstand nicht jedes Wort und manche Bücher wurden ihm sogar gefährlich – genau wie ich hatte er sich diesen Ort nicht ausgesucht. Doch anders als ich war der Saurier nicht allein. Zwischen den Büchern lebten fürchterliche Insekten, nicht winzig wie meine, sondern lebensgefährlich groß. Blind durch hohe Räume fliegende Monster und gefährliche Jäger, die ihm nach den Büchern und dem Leben trachteten: Sie jagten Bücher, wo doch die Welt daraus bestand – ganz bestimmte, goldene Bausteine. Aber auch friedliche Geschöpfe, die freundlich waren, weil sie die Bücher lasen, verschlangen anstatt mit ihnen zu handeln und freundlich, weil sie den Saurier, weil sie alle Saurier kannten, ohne je einen getroffen zu haben. Und ganz unten in der Welt, unter allen Büchern stand ein Schloss. Ich schrieb: *Schloss, großes Gebäude, Wohnort eines Herrschers (siehe: König, Königin)* – und schrieb: *Abteilung, freistehend.* In dem Schloss lebte ein Monster aus Büchern, das König war und das wie der Saurier und ich sich sein Heim nicht selbst gewählt hatte. Es war ein trauriger und wütender König und er teilte sich mit dem Saurier einen Feind und teilte mit ihm ein nagendes Geschenk. *Orm* – schrieb ich. *Orm* – und konnte es nicht definieren, obwohl ich wusste was es war. Und dann verließen Saurier und König das Schloss und der König verbrannte und der Feind verbrannte und der Saurier ging heim – freiwillig, in ein Heim, das er sich wählte. Dort schrieb er Bücher und wurde alt.

24.

Zweihundertfünfundsechzig Nachrichten. Zwei Drittel davon Fragen und drei Viertel davon wiederum Fragen zur Geschichte des Sauriers. Viele wiederholten sich, aber nicht genug. Die Welle der Wissbegierde meiner Zuhörer ertränkte mich einen Augenblick lang, dann fand ich Atem in der Dunkelheit der Bibliothek und machte mich ans Werk. Weil die Welt des Sauriers und meine Welt an manchen Ecken aneinander stießen, fühlte ich mich wohl dabei zu spekulieren, wagte so manche Aussage ohne sie direkt belegen zu können und fühlte mich trotzdem nicht wie eine Lügnerin. Ich erklärte, was ein Buch war, das kein Schulbuch war, machte eine Exkursion in die verschiedenen Arten von Büchern, wie ich sie bis zu jenem Zeitpunkt zu unterscheiden gelernt hatte und versuchte dabei größtmögliche Selbstsicherheit in die Stimme zu legen. Nein, das sei nicht wirklich passiert, die Stadt aus Büchern und das Labyrinth gab es nicht wirklich. Der Saurier hat niemals gelebt. Diese Geschichte diene zur Unterhaltung, zum Zeitvertreib. *Zeitvertreib/Unterhaltung – Eine Möglichkeit die Zeit außerhalb der Pflicht zu verbringen und zu genießen, Genuss wie bei guter Nahrung oder Schlaf, wenn man müde ist.* – versuchte ich zu erklären und sprang von einem unverständlichen Wort zum nächsten, zunehmend strauchelnd. *Genuss* und *Befriedigung* und versuchte zu erklären, was der Unterschied war zwischen einem *Nachdenken* und einem anderen. Ich dachte viel über meine Bücher nach und fühlte dabei nichts von der Last des anderen, des mühseligen, des zielgerichteten Nachdenkens. Ich fühlte einen hohen Raum und kühle Luft und fühlte flackernde Lichter, wunderschöne Lichter. Aber das würde man nicht verstehen, konnte man schwer verstehen ohne auf diese Weise nachgedacht zu haben – doch mussten sie bereits ähnlich gegrübelt haben. Woraus wären sonst ihre Fragen entstanden?

Ich erklärte und sprach bis es keine Zettelchen mit Fragen auf meinem Tisch mehr gab. »Vielen Dank«, sagte ich und schrieb ein Briefchen an H-43, um ihm mitzuteilen, dass er mich vor morgen, nachdem ich vorgelesen haben würde, nicht am Funkgerät erwarten sollte. Mein Rücken schmerzte mehr als er es immer tat und meine Augen brannten wie schon seit Wochen nicht mehr.

25.

»Wie geht es Ihnen heute?«, fragte ich und H-43 wiederholte seine Antwort vom letzten Mal als ich ihm diese Frage gestellt hatte.

»Welche Geschichte werden Sie als nächstes Lesen?«, fragte er.

»Das weiß ich erst, wenn ich das Buch aufgeschlagen habe.«

»Wie wählen Sie das nächste Buch?«

»Ich ziehe einfach eines aus dem Regal.«

»Wie viele Bücher befinden sich in Ihrer Abteilung?«

»Fünfunddreißig Millionen – Das haben Sie mich schon einmal gefragt. Ich kann mir nicht genau vorstellen wie viel das wirklich ist, aber ich glaube nicht, dass man sie in einem Leben lesen kann.«

Er schwieg eine Weile, suchte nach Worten.

»Warum haben sie beschlossen, nicht mehr Ihrer Pflicht zu folgen?«

»Das weiß ich nicht. Ich werde darüber nachdenken.«

»Was ist geschehen, nachdem Sie aufgehört haben Ihrer Pflicht zu folgen?«

»Nichts. Ich habe angefangen etwas anderes zu tun. Jeden Tag etwas anderes. Ähnliches – aber nie ganz das gleiche.«

»Verstehe.«

26.

Jeden Tag las ich aus dem Wörterbuch und jeden Tag versuchte ich Fragen zu beantworten, obwohl ich angekündigt hatte, es nur hin und wieder zu tun. Ich verdoppelte die Stunden, die ich vor dem Funkgerät verbrachte, hörte nicht auf, egal wie viele Fragen es gab und wie viele Wörterbucheinträge ich vorlas, stets auch noch aus einem der Bücher vorzutragen. Aber ich griff bewusst nach den dünneren, jenen mit schmalen Einbänden und nicht mehr als vierhundert Seiten, um meinen Zuhörern die Zeit bis zum nächsten Ende zu verkürzen. Doch gerade deshalb begannen sich die Fragen bald zu überstürzen, bezogen sich ein, zwei Bücher weit zurück in die Vergangenheit und ich begann damit, sie neben dem Schreibtisch auf dem Boden häufchenweise zu sortieren, die Häufchen zu beschildern; meine Funkstunden wurden täglich länger. Aber lange zu schlafen war im Vergleich zu meiner Lebenszeit eine junge Angewohnheit, die ich mir innerhalb weniger Tage wieder abgewöhnte. So gewann ich wertvolle Stunden. Sobald mir die Stimme und die Augen müde wurden, veränderte ich die Frequenz und am andere Ende meldete sich H-43. Wir sprachen langsam, wir genossen des anderen Stimme und er fragte mich oft die immer gleichen Fragen. »Wie geht es Ihnen?«, »Haben Sie keine Angst?«, »Warum lesen Sie uns Bücher vor?«, »Haben Sie keine Angst?«, »Haben Sie keine Angst?«, »Haben Sie keine Angst?« und immer wieder sagte ich, dass ich keine Angst mehr habe. Dabei hatte ich Angst. Ich fürchtete mich unheimlich. Ich fürchtete, nicht genug Zeit zu haben, dass irgendwann das Licht in F-23 ausginge und strafende Arme mich in der Dunkelheit ergreifen würden. Ich fürchtete, dass ich die Sprache in den Büchern nie gänzlich verstehen würde und dass ich mir nie ein stabiles Bild der Welt der Schreibenden würde machen können. Ich hatte Angst und fürchtete alles mögliche, doch ich erlaubte mir nicht in dieser Furcht zu erstarren. Also sagte ich zu H-43: »Nein. Ich habe keine Angst.«

27.

Ich las ein Buch vor, in dem eine Gruppe alter Menschen in einem Haus festsaßen, in dem einmal ihr Peiniger geschlafen hatte, jemand, der sie alle hatte töten wollen. Sie erzählten einander von ihrem Überleben und von der Zeit danach. Ich las ein Buch vor, in dem Menschen einen Computer – was war ein Computer? Eine Maschine, eine Allesmaschine – bauen wollten, der sie beherrschen sollte. Ich las ein Buch vor, in dem ein Mann mit seiner Mutter stritt. Ich las ein Buch vor, in dem ein Mann versuchte Maschinen zu stehlen, um eine Mine zu eröffnen. Ich las ein Buch vor, in dem ein Viertel einer großen Stadt sich in ein Meer verwandelte. Ich las ein Buch nach dem anderen vor und die Menschen der Abteilungen – vielleicht aller Abteilungen – hörten mir zu, hassten mich dafür, andere hingen an meinen unsichtbaren Lippen, andere ignorierten mich. Das Wörterbuch erweiterte ich um weitere eintausend Wörter und die Fragen der Zuhörer beantwortete ich selbstbewusst. Zur Seite geschoben hatte ich das Gefühl zu lügen. Woher sollte ich denn überhaupt wissen, ob ich recht hatte? Woher sollten die Zuhörer wissen, ob ich log? Und was niemand wirklich wissen konnte, erlaubte ich mir bald zu erfinden, die Wahrheit festzulegen, einfach um die Neugier der Menschen zu befriedigen, deren einzige Hoffnung dies zu tun ich war. Ich las ein Buch vor, in dem ein Mann mit seinem Freund und Diener eine Wüste durchquert. Ich las ein Buch. Jeden Tag las ich ein Buch vor. Nicht jeden Tag ein neues, aber ich las und las und las.

28.

»Hallo« und »Können Sie mich hören?«, sagte ich.

»Ja, ich höre Sie.«

»Wie sieht H-43 aus?«

»Es ist immer hell hier. Ich habe oft Kopfschmerzen nach dem Schlafen. Es gibt zehn quadratische Räume. Sie sind zehn Schritte breit und zehn Schritte lang. In jeden Raum münden siebzig Röhren. Verbunden werden die Räume von einem langen, breiten Korridor. In dem Korridor steht mein Bett und an der Wand neben einer der Türen ist ein Waschbecken. Neben dem Bett ist die Röhre, aus der das Essen kommt und über den Türen verläuft das Rohr, durch das ich mein Wasser bekomme. Der Wassertank ist hinter einer Klappe über dem Waschbecken. So sieht es in H-43 aus. Mehr ist da nicht.«

Ich schwieg und versuchte mir vorzustellen, wie es sein musste, wenn es niemals finster war.

»Wieso ist es immer hell?«

»Ich weiß es nicht.«

»Wie halten Sie das aus?«

»Ich habe immer Kopfschmerzen. Meine Augen brennen oft.«

»Verstehe.«

29.

Hin und wieder sah ich in diesen Wochen die Ameise wieder. Sie kam aus Richtung des Lüftungsschachts, den ich bereits beinahe vergessen hatte. Immer nur eine einzelne Ameise allein. Sie wanderte in den Lichtkegel meiner Schreibtischlampe und zog einen Kreis um meinen Stuhl, bevor sie in die Dunkelheit zurückkehrte. Ich wollte sie nicht wieder verjagen, weil ich ihre Anwesenheit genoss. Fliegen gab es keine mehr, auch keine Falter, keine Heuschrecken. Nur die Ameise.

30.

»Ich hatte eine Idee«, sagte H-43.

»Was für Idee?«, fragte ich.

»Ich hatte ganz lange keine Ideen. Ich hatte kaum Ideen, bis ich Ihre Stimme zum ersten Mal hörte. Meine erste Idee seit langem war, Sie nach dem Funkgerät zu fragen und wie es funktioniert.«

»Das freut mich.«

»Ich weiß nicht, ob es mich freut. Ich hatte auch lange keine Angst. Seit ich Ideen habe, habe ich Angst.«

»Was für eine Idee hatten Sie? Ich meine: Von welcher Idee haben Sie anfangs gesprochen?«

»Sie könnten mir das Wörterbuch vorlesen.«

»Ich lese doch jeden Tag aus dem Wörterbuch vor.«

»Nein, ich meine: Sie könnten mir das Wörterbuch von vorne bis hinten vorlesen und ich könnte es aufschreiben. Dann könnte ich es noch viele Male abschreiben und an alle verschicken. Vielleicht müssten Sie dann nicht jeden Tag daraus vorlesen. Ich bin mir sicher, die anderen Abteilungen können lesen. Sie haben es bestimmt gelernt.«

»Das ist eine gute Idee.«

»Ich weiß nicht. Es fühlt sich an als wäre es viel Arbeit. Ich schlafe ohnehin schlecht.«

»Warum haben Sie mir von der Idee erzählt, wenn Sie die Idee nicht für gut halten?«

»Ich wollte wissen, was Sie denken?«

»Ich denke, es ist eine gute Idee.«

»Vielleicht haben Sie recht. Fangen wir gleich an.«

Ich fing an, H-43 das Wörterbuch zu diktieren. Ich diktierte es ihm eine Woche lang. Dann war ich fertig. Zweitausend Wörter und er sagte: »Ich fange morgen an, es zu kopieren.«

»Ich habe auch eine Idee«, sagte ich.
»Ist es eine gute Idee?«
»Ich weiß es nicht.«
»Verstehe.«

31.

Während H-43 vermutlich damit zugange war, das Wörterbuch ein erstes Mal zu kopieren, öffnete ich einen neuen Karton leeren Papiers, holte daraus einen Stapel Blätter hervor und schob das Funkgerät ein Stück weit zur Seite. Ich versuchte mich zu erinnern. Ich versuchte mich an alles zu erinnern, was ich in den vergangenen Monaten getan und gedacht hatte, alles was geschehen war und versuchte mich daran zu erinnern, was ich dabei gefühlt hatte. Ich fing die Antworten aus meinen Gedanken, die losen Fetzen des Vergangenen, streckte mich weiter bis in die Kindheit, wo die Bilder dünner, durchscheinender wurden, und fasste alles, was mir nicht sofort zwischen den Fingern zerrann. Ich schrieb so schnell ich konnte, spie Stichworte aufs Papier, um einmal Erinnertes festzuhalten und nach einer erschöpfenden Stunde nahm ich ein frisches Blatt und schrieb: *Wenn ich davon schreibe, jemandem etwas mitgeteilt zu haben, müssen Sie sich dies folgendermaßen vorstellen: Ich verlasse meinen Arbeitsplatz, erhebe mich aus meinem metallenen Stuhl, dessen hinteres linkes Bein kürzer ist als die anderen, steige durch das kreisrunde Loch in der Stahlbetonwand, das ich manchmal Tür nenne, und lasse, während ich mich durch die Dunkelheit taste, stets eine Hand an der Mauer entlang streifen …*

Ich schrieb, was Sie lesen. Ich schrieb, begann zu erzählen, was sich zugetragen hatte. So gut ich konnte erzählte ich und zweifelte – so wie ich immer noch zweifle – an meinen Worten – ob es die richtigen waren, ob sie schön waren, ob sie auch beschrieben, was sie beschreiben sollten, ob sie die Wahrheit waren. Es sind bestimmt nicht immer die richtigen Worte und sie sind auch bestimmt nicht immer wahr. Mein Kopf hat vieles vermengt und die Bilder verwischt. Aber das macht nichts. Was ich schrieb und was ich schreibe ist der Wahrheit nah genug. Auch unternahm ich den Versuch, der Geschichte ihre Einheitlichkeit zu lassen, sie so wiederzugeben, wie ich sie erlebt hatte, hervorzuheben, was ich für wichtig hielt und nichts vorweg zu nehmen, was nicht unbedingt vorweggenommen werden musste. Meine Idee war: »Ich möchte ein Buch schreiben. Ich möchte ein Buch darüber schreiben, was sich in den vergangenen Jahren in F-23 zugetragen hat.« Ein Buch! Roman – wie es auf den allermeisten Einbänden der Bibliothek zu lesen war. *Roman – eine Geschichte, kann Fiktion oder Fakt sein, kann beides sein?* – stand in meinem Lexikon. Das sollte es werden, weil ich das am besten kannte. Das beruhigte mich und ich erlaubte mir zu zweifeln und erlaubte mir die Zweifel kund zu tun, sie festzuschreiben ohne mich dabei schlecht zu fühlen. So schrieb ich und bevor ich auch nur eine Seite vollgeschrieben hatte, musste H-43 wohl das Wörterbuch ein ganzes Mal kopiert haben. Es dauerte und ich schlief noch weniger als vorher, denn meine Geschichte durfte nicht allem anderen im Weg stehen.

32.

Da kam die Ameise zu meinem Stuhl, umrundete ihn, während ich ins Mikrofon sprach, und machte sich ohne zu zögern auf den Rückweg. Da kam die Ameise zu meinem Stuhl und stand einen Augenblick lang vor dem Sesselbein, weil es anders stand als sonst. Ich hatte den Stuhl einen Schritt weit verrückt. Ich weiß nicht mehr wieso. Die Ameise stand da und dann beschloss sie den Stuhl zu erklimmen. Sie stieg senkrecht hinauf und ich beobachtete Sie dabei. Ich hatte mich während des Vortrags umgewandt, weil ich wusste, dass das Tier normalerweise zu dieser Zeit aus der Dunkelheit daher kam, wenn sie denn kam. Ich bat die Zuhörer um Geduld und erhob mich. Die Ameise erreichte den höchsten Punkt des Stuhls und begann sogleich ihren Abstieg – die Lehne hinab, entlang des Sitzflächenrandes, das vordere rechte Bein hinunter. Unten wandte sie sich nach links und beendete ihre erschwerte Umkreisung. Ich freute mich für das Insekt.

Die Ameise kam einige Tage lang nicht. Vielleicht war der Aufstieg zu viel für sie gewesen. Vielleicht war sie vor Erschöpfung gestorben. Ich wusste, dass das möglich war. Das hatte uns der Lehrer erklärt und auch in einem der Bücher hatte ich von jemandem gelesen, der so lange gewandert war, dass er am Ziel tot umkippte. Besorgt besuchte ich schließlich den Lüftungsschacht, stieg über die Büchertreppe hinauf und streckte den Hals vorwärts. Im Restlicht der Lampe im Raum hinter mir sah ich nichts außer vom Staub gebrochene Reflexionen und den Schatten meines Kopfes. Tiefer in den Schacht traute ich mich nicht mehr. Am nächsten Tag war die Ameise zurück.

33.

Ich zählte die Tage nicht, hatte sie nie gezählt, nicht exakt, mehr geschätzt, ungefähr, vielleicht die ersten Tage meiner Rebellion, aber dann nicht mehr, noch weniger als früher und jetzt überhaupt nicht. Ich zählte Bücher und ich zählte Zettelchen. Es fühlte sich an wie eine lange Zeit, mussten viele Tage, viele Wochen, mehrere Monate gewesen sein. Auf jeden Fall verging mehr Zeit als von der Entdeckung der Kammer bis zu meinem ersten Gespräch mit H-43 vergangen war. Ein neuer

Alltag, eine neue Pflicht hatte es sich in meiner Abteilung bequem gemacht, hatte sich in mir eingenistet wie die Ameisen im Lüftungsschacht. Aber diese Pflicht war nicht so stumpf, war nicht so schwer wie die wahre, wie jene, die mir übertragen worden war. Vielleicht, weil ich sie für mich gewählt hatte, vielleicht, weil nichts mich davon abhielt ihr einfach nicht nachzukommen. Keine unsichtbare Macht außer meinem eigenen Willen. Beinahe wünschte ich mir, vor meinen Zuhörern zuzugeben, was ich tat, dass ich nicht tat, was ich tun sollte, dass ich mich befreit hatte. Aber ich tat es aus Eigennutz und der letzten Furcht wegen, die ich noch hegte, nicht. Vielleicht war es der Pflicht egal, wenn in der Bibliothek eine einzelne Bibliothekarin keine Bücher mehr katalogisierte, vielleicht war es der Pflicht sogar egal, wenn sich der Mann in H-43 mit ihr unterhielt, solange die Briefchen weiter durch die Röhren flogen. Aber wenn auf einmal die Botschaft sich verbreitete, dass auf Verweigerung womöglich keine Strafe stand, dann müsste doch noch Strafe folgen, müsste das Wasser versiegen und die Rationen ausbleiben. Aber da war noch etwas. Selbst wenn ich auch dann nicht bestraft würde, fürchtete ich, die anderen Abteilungen könnten meinem Vorbild folgen, vielleicht geschlossen, vielleicht nur ein paar. Aber woher kämen die Rationen, wenn das Gewächshaus den Betrieb einstellte, woher die Luft? Woher käme das Wasser? Woher käme der Strom, wenn allerorts die Maschinen stillstünden? Solange unsere Schleusen, die undurchdringlichen Stahltore, durch die wir alle irgendwann unsere Abteilungen betreten hatten, geschlossen blieben, wir miteinander durch nichts als die Zettelchen der Rohrpost verbunden waren, durfte der Betrieb in den lebenswichtigen Abteilungen nicht stillstehen. Das fühlte sich grausam an, aber vielleicht war es das gar nicht.

34.
»Hallo«, sagte ich und »Können Sie mich hören?«

»Ja, ich höre Sie.«

»Ich mache mir Sorgen.«

»Worüber?«

»Ich mache mir Sorgen, dass ich ersticken könnte.«

»Wieso denken Sie das?«

»Ich mache mir Sorgen, dass die anderen Abteilungen schon lange wissen, dass es sich nicht im Rahmen meiner Pflicht befindet, ihnen Bücher vorzulesen. Zu diesem Schluss sind bestimmt schon einige gekommen. Ich mache mir Sorgen, dass sie sich ein Beispiel an mir nehmen und dass ich dafür bestraft werde. Ich mache mir Sorgen, dass eines Tages kein Wasser mehr zu mir kommt und keine Rationen und dann auch keine Luft mehr.«

»Verstehe.«

»Verstehen Sie wirklich?«

»Ja, natürlich. Ich hege die gleichen Sorgen. Nicht ganz, aber ähnlich. Erklären Sie mir nur bitte. Wieso kopiere ich das Wörterbuch, wenn Sie nicht möchten, dass die anderen Abteilungen begreifen, was Sie tun? Es muss Ihnen doch klar sein, dass spätestens wenn ich die Kopien aussende alles klar sein dürfte.«

»Nur weil ich mir Sorgen mache, heißt das nicht, dass ich Ihre Idee plötzlich für eine schlechte halte. Ich fürchte mich einfach und wollte es Ihnen erzählen.«

»Verstehe.«

35.
Aufstehen. Essen. Waschen. Eine Stunde lesen. Eine Stunde schreiben. Vier Stunden vorlesen und Fragen beantworten. Eine Stunde schreiben und dann zehn Minuten Gespräch mit

H-43. Lesen, bis mir die Augen zufielen. Der neue Alltag. Das Rotieren der Dinge. Befriedigend. Eng. Furchteinflößend.

36.

»Hallo. Können Sie mich hören?«, sagte ich.

»Ich kann Sie hören.«

»Ich habe soeben das nächste Buch ausgewählt.«

»Wollen Sie mir sagen, worum es geht?«

»Nein. Das hören Sie dann sowieso.«

»Gut. Ich lasse mich gerne überraschen.«

»Wie steht es um das Wörterbuch? Wie viele Kopien haben Sie angefertigt?«

»Ich habe eintausend Kopien angefertigt.«

»Eintausend!?«

»Ich schreibe sehr schnell und lese noch schneller. Deshalb hat mich die Pflicht dieser Abteilung zugewiesen.«

»Ich bin beeindruckt. Ich schreibe sehr langsam.«

»Aber Sie lesen sehr schnell.«

»Nicht so schnell wie Sie.«

»Sicher nicht. Ich lese wirklich sehr schnell. Was soll ich mit den Wörterbüchern machen?«

»Wie viele bräuchten wir, um jeder Abteilung eines zukommen zu lassen?«

»In meiner Abteilungen gibt es siebenhundertzwei Rohre. Siebenhundert führen in die einzelnen Abteilungen, deren Kommunikation ich organisiere. Ein Rohr führt in die Versorgungsabteilung, eines in die Wasseraufbereitungsabteilung.«

»Das heißt es gibt siebenhundert Abteilungen?«

»Nein. Ich bin mir nicht sicher. Vielleicht gibt es mehr. Vielleicht gibt es noch andere Abteilungen, die tun was ich tue. Aber es gibt siebenhundert Abteilungen, die ich erreichen kann.«

»Bekommen Sie jemals Nachrichten aus der Wasseraufbereitungsabteilung oder aus der Versorgungsabteilung?«

»Nein. An die leite ich nur Bestellungen weiter. Sie antworten nie.«

»Verstehe.«

»Was soll ich also tun?«

»Schicken Sie die Wörterbücher aus.«

»Das wird eine Weile dauern. Ich muss sie erst zu Röllchen formen und in den Röhrchen verpacken.«

»Danke.«

»Wofür?«

»Danke.«

»Bitte.«

»Ich mache mich an die Arbeit.«

»Ich gehe zu Bett.«

»Gute Nacht.«

»Gute Nacht.«

»Halt, warten Sie noch.«

»Ja?«

»Es gab gestern und heute ein paar Nachrichten, die ich Ihnen nicht weitergeleitet habe.«

»Warum nicht?«

»Weil es sich nicht um Fragen handelte.«

»Worum dann?«

»Es waren eher Behauptungen.«

»Behauptungen?«

»Ja. Ich weiß kein besseres Wort dafür.«

»Das müssen Sie mir erklären.«

»Es ging um das Buch von gestern.«

Ich griff nach dem Buch. Es lag in der Dunkelheit außerhalb

des Lichtkegels meiner Lampe. Darin stand die Geschichte eines Mannes, der ein Bergwerk eröffnen wollte. Ein Bergwerk. Was das war, musste ich nachschlagen und mir aus einigen Einträgen im Lexikon zusammenfügen. Ich erinnere mich, zwei Stunden lang im Korridor am Boden gesessen zu haben, um einen Ordner nach dem anderen durchzublättern. Mittlerweile verstand ich und hatte es auch den Zuhörern leidlich erklärt. Der Mann wollte in einem Berg, der seiner Familie gehörte, nach magnetischem Eisen suchen. Er hatte aber keine Maschinen und niemanden, der ihm dabei helfen wollte. In dem Buch passierte noch viel mehr. Es ging eigentlich nicht die ganze Zeit um das Bergwerk und auch nicht immer um den Mann.

H-43 sprach weiter: »O-34 hat ein Briefchen geschickt, das an Sie gerichtet war. Aber darin stand keine Frage.«

»Lesen Sie es mir vor.«

»Ich kann es Ihnen auch schicken.«

»Vorlesen genügt.«

»O-34 hat geschrieben: Ich denke es geht ihm nicht um das Eisen.«

»Da hat O-34 vermutlich recht. Ich denke auch, dass es nicht um das Eisen geht.«

»Aber da war auch noch ein zweites Briefchen. I-3 hat geschrieben: Was ist mit dem Eisen? Warum will er das haben? Es scheint mir ein sehr großer Aufwand zu sein. Könnte er nicht anders reich werden?«

»Es freut mich, dass I-3 verstanden hat, was Reichtum einmal war. Ich habe mich sehr bemüht, es zu verstehen und gut zu erklären.«

»Aber da war auch noch ein drittes Briefchen. Z-17 hat geschrieben: Hrytz hätte doch einfach das Museum sanieren können. Dann hätten ihn die anderen Leute bestimmt auch gemocht.«

»Es freut mich, dass Z-17 verstanden hat, was ein Museum ist und was es bezweckt.«

Was Zuneigung war hatte ich nicht erklären müssen. Das hatten wir alle schon als Kinder gelernt, auch wenn der Lehrer nie davon gesprochen hatte. Er hatte uns das Wort beigebracht und wir hatten seine Bedeutung selbst untereinander ergründet.

»Um diese drei Briefchen ging es mir. Sie beinhalten keine Fragen. Aber es geht um das Buch. Wollen Sie, dass ich sie Ihnen schicke?«

»Nein. Ich habe eine Idee. Könnten Sie die Briefchen kopieren und das von Z-17 und I-3 an O-34 schicken, das von O-34 und das von I-3 an Z-17 und das von Z-17 und das von O-34 an I-3? Und schicken Sie doch mir auch eine Kopie.«

»Verstehe.«

37.

Am nächsten Morgen konnte ich nicht anders als – wie der Lehrer, wenn er stolz war, dass wir Kinder etwas schneller begriffen als noch unsere Vorgänger, einen Moment lang den Unterricht zu unterbrechen, um uns mitzuteilen, dass wir besonders gut seien, dass er bemerke, wie sehr wir uns bemühten und dass wir unsere Pflicht einmal gut erfüllen würden – I-3, Z-17 und O-34 Lob auszusprechen. Das tat ich freilich nicht durch das Versprechen bedeutsamer Aufgaben in der Zukunft. Ich hatte keine Belohnung für meine Zuhörer, obwohl ich kurz abwog ihnen irgendeine Form von Autorität vorzuspielen. Ich hatte sie bereits genügend belogen, belügen müssen. Stattdessen sagte ich bloß: »Ihre Gedanken zu der Geschichte sind interessant. Anstatt bloß Fragen dürfen Sie mir ebenso

Überlegungen dieser Art zukommen lassen.« Zu große Mühe, mein Handeln ständig irgendeiner Pflichterfüllung zuzuschreiben, machte ich mir nicht mehr. Ich war es leid, mich ständig in Falschheiten zu wiederholen. Dann las ich die drei Briefchen vor und setzte das übliche Programm fort.

38.

»Hallo« und »Können Sie mich hören?«, sagte ich.

»Ich kann Sie hören.«

»Ich habe mir überlegt, Ihnen mein ganzes Lexikon zu schicken. Ich könnte eine Kopie anfertigen und Sie könnten es dann noch viele Male kopieren. Wieso sollten wir uns auf zweitausend Wörter beschränken? Die Leute und auch Sie könnten viel mehr verstehen.«

»Wie viele Wörter stehen in dem Lexikon?«

»Ich weiß es nicht. Es sind viele. Viel mehr als zweitausend.«

»Und Sie verstehen alle?«

»Bei Weitem nicht. Ich habe von den meisten bloß eine Ahnung.«

»Worauf begründen Sie Ihre Ahnungen?«

»Auf dem, was ich verstehe und auf anderen Ahnungen.«

»Verstehe. Wir könnten es versuchen. Aber glauben Sie, dass ich und die anderen Ihre Ahnungen verstehen können?«

»Ich weiß es nicht. Vielleicht.«

»Es gibt wieder Fragen.«

»Schicken Sie sie.«

»Und es gibt Überlegungen. Aber nicht alle sind an Sie gerichtet. Z-17, O-34 und I-3 haben aufeinander geantwortet. Die Briefchen sind an Sie gerichtet, aber ich habe mir gedacht, man sollte sie wieder allen schicken. Kopien habe ich bereits angefertigt.«

»Ja, bitte machen Sie das. Schicken Sie es allen drei.«

»Gut. Ich fange gleich damit an. Ich habe nicht viel Zeit.«

»Warum?«

»Ich habe noch achttausendneunhundertfünfunddreißig Nachrichten zu sortieren und weiterzuleiten. Das ist meine Pflicht.«

»Verstehe.«

»Gestern war ich erst eine Stunde später als gewöhnlich fertig und heute wird es nicht anders sein. Ich bin müde.«

»Verstehe.«

39.

Und dann, nachdem ich einige Tage lang – vier mochten es gewesen sein – mehr und mehr Briefchen mit Überlegungen vorgelesen hatte und dazu jeweils wessen Meinung welche war, begann H-43 mir wieder Nachrichten weiterzuleiten, deren Inhalt sich nicht mehr an mich richtete. Die Zuhörer – J-45, G-2, P-9, Z-17 und einige mehr kommentierten die Ideen der anderen, widersprachen ihnen oder stimmten zu, mit Vehemenz, Verwunderung, echtem Interesse. Sie zitierten sogar, was andere gesagt hatten und H-43 kopierte und verschickte quer zwischen allen, die geschrieben hatten, Briefchen. Am nächsten Tag erhielt ich die doppelte Menge und vergaß völlig darauf, Fragen zu beantworten. Stattdessen kommentierte ich die Interpretationen, die ich vorlas, und versuchte mit wackeliger Autorität Ordnung in das sprudelnde Ideenchaos zu bringen. Am Tag danach hatte ich jeden Überblick verloren und musste erneut neue Regeln aufstellen. Keine Angriffe – obwohl niemand Schimpfworte kannte (ins Wörterbuch hatte ich keine aufgenommen), wohnte mancher Nachricht eine gewisse Aggressivität inne – die gleiche Aggressivität mit der man mich vor nicht allzu langer Zeit zum Schweigen hatte bringen wollen. Regeln wie und wann ich welche Nachrichten verlesen würde – zwar erhielten die Diskutanten Kopien, aber ich wollte auch all die anderen schweigenden Zuhörer teilhaben lassen. Jeden zweiten Tag sollte diskutiert werden und jeden ersten Tag wollte ich weiter rein der Beantwortung von Fragen widmen. Eine Weile schwoll die Zahl der Nachrichten noch an, flachte irgendwann etwas ab und hielt sich nach zwei Wochen auf konstantem Niveau. Paare und Gruppen fanden einander. G-8, L-3 und U-54 antworteten vornehmlich aufeinander, genauso Z-17, I-3 und O-34. M-22 und V-1 führten ein Zwiegespräch und N-9 sprach scheinbar nur mit sich selbst, antwortete nur auf seine eigenen Briefchen. So begannen siebenundfünfzig Abteilungen sich zu unterhalten.

40.

Wieder neuer Alltag, ein wenig neu, neu jeder Tag und jeder Gedanke der Zuhörer. Sie sprachen auf dem Papier in einfachen Worten, in den Worten unserer Kindheit und den Worten ihrer Pflicht. Sie schrieben sich gegenseitig über mich und über H-43. Ich beantwortete ihre Fragen und verhalf ihnen dazu sich auszutauschen und bald las ich Worte aus meinem Lexikon in ihren Briefchen. Mehr und mehr. Bisher gab ich ihre Nachrichten in diesem Text nicht so wieder wie sie wirklich waren. Ich übersetzte sie, damit sie für jemanden, der alle Wörter kennt, verständlich seien. Auch H-43s Worte gab ich bloß annähernd so wieder, wie sie wirklich waren. Nun aber war dies nicht mehr nötig, so viel hatten Sie bereits gelernt. Ob sie wollten oder nicht, mein Wörterbuch war in ihren Geist eingedrungen. Vielleicht lasen sie sogar aktiv darin. Es ist merkwürdig, dass ich genau hier damit aufhöre, die Nachrichten und auch die Gespräche mit H-43 zu zitieren, jetzt, da es ein wirkliches Zitieren wäre. Merkwürdig, aber notwendig; zumindest denke ich das. Soviel sei nur dazu gesagt. Das waren die schönsten Wochen meines Lebens, sie fühlten sich nicht an wie Wochen, flogen an mir vorbei, und ich fasste ihre Flüchtigkeit erst als sie vorüber waren. Ich las und las und erklärte und sprach Meinungen und die Zuhörer schrieben Meinungen und H-43 sprach seine Meinung und sortierte Nachrichten und leitete sie weiter und ich machte Einträge in das Lexikon, zog Querverbindungen, schrieb diese Geschichte auf und wir alle lernten jeden Tag mehr als am Tag zuvor. Und doch: die Lüge und die verunstaltete Pflicht und H-43s Erschöpfung. Die Stimme übers Funkgerät so schwach und jeden Tag fragiler. Er atmete schwer nach jedem Satz und hörte manchmal kaum noch zu. H-43 wollte schlafen. Neuntausenddreihundertfünfundvierzig Nachrichten zu sortieren habe er – zehntausendvierhundertsechsundfünfzig, siebentausendneunhundertvierundneunzig, elftausendfünfhundertvierundsiebzig. Einmal noch zitiere ich ihn. »Ich habe Angst. Ich bin vor den Kisten eingeschlafen. Vierhundertneununddreißig Nachrichten lagen noch darin.«

Und ich wusste nicht, was darauf zu sagen wäre. Ich bat ihn sich keine Sorgen zu machen und doch bitte nicht zu vergessen auch die Überlegungen der Zuhörer zu verschicken. Ich fragte ihn, ob wir bald mit dem Kopieren des Lexions beginnen könnten und erklärte ihm, wie es danach weiter gehen sollte. Wenn erst einmal alle das Lexikon hätten wäre alles einfacher. Mit jedem Atemzug eine neue Idee und jede Idee großartiger als die vorherige. Ich malte ihm das Bild einer gänzlich anderen Welt, deren Stimme er sein würde und sein Heim würde endlich wirklich zur Kommunikationsabteilung. Dabei war er so müde und ich wach wie nie zuvor. »Ich habe Angst«, sagte er und ich hätte ihn verstehen sollen.

V. Zirkulation

1.

»Hallo«, sagte ich und »Können Sie mich hören?«

Ich sagte es, wie ich es hunderte Male gesagt und gefragt hatte. Ich sagte es und bekam keine Antwort. »Hallo«, sagte ich erneut und diese Wiederholung versetzte mir einen Stich tief in der Brust, den ich mir kaum zu erklären vermochte. Dem Stich folgte eine Leere direkt darunter, die sich an den Platz meiner Gedärme drängte, an meinen Innereien zerrte und sie gleichzeitig zusammenpresste. Diese Leere kannte ich. Das Gedärm wusste vor allem anderen, was ich denken würde, und erinnerte sich daran, es so ähnlich schon öfter gedacht zu haben. Da war das Ende, da würden die Häscher der Pflicht durch die Schleuse über mich und die Bibliothek hereinbrechen. Als vor Monaten meines eigenen Fehlers wegen die Rationen ausgeblieben waren und das Wasser, da war die Leere auch gewesen, eine kleine kümmerliche Leere im Vergleich und sie war vertrieben worden. Kaum mehr als die Ahnung eines Schattens huschte damals in meinem Rücken durch die Bibliothek. Als ich das Funkgerät zum ersten Mal in Gang gesetzt hatte und die Begeisterung darüber, meine eigene Stimme zu hören, verflogen war, da war die Leere – ein flüchtiges, fragiles, sterbendes Insekt – wenige Momente später verscheucht. Ich erkannte Sie wieder, gewachsen, fast zur Unkenntlichkeit aufgequollen, weil sie nicht mehr nur meine war – weil H-43 schwieg.

2.
Die Leere verschlingt einen langsam. Ihr augenblickliches Erscheinen bleibt noch unbemerkt oder unverstanden. Sorge, Schweiß und rasende Gedanken, aber gleichzeitig erklärte ich mir selbst, dass auch H-43 nicht den ganzen Tag am Funkgerät verbringen konnte und dass unsere Gespräche nicht immer zur gleichen Zeit stattfänden und dass es eigentlich merkwürdig war, dass es nicht schon früher dazu kommen war, dass ich einmal keine Antwort erhalten würde. Ich erklärte mir, dass die Leere zu Unrecht in mir war und dass sie eigentlich gar nicht wirklich da war. Eine unechte Leere. Also ließ ich dem Tag seinen Lauf, las vor, las Fragen und Antworten und Ideen und Gedanken. Ich las, was U-4 geschrieben hatte und hielt dagegen, was J-23 meinte und wieder dagegen die Worte von K-5, obwohl sie einen ganz anderen Teil des Textes betrafen und weil ich noch genügend Briefchen abzuarbeiten hatte für den nächsten Tag, schob ich Sorge, Schweiß und Gedanken beiseite als ich auf dem Weg in meine Kammer im Körbchen unter dem Rohr keine neuen Röhrchen fand.

Lesen konnte ich nicht und auch an Schlaf war nicht zu denken. Es wurde dunkel in der Kammer, nachdem ich mich einige Minuten lang nicht bewegt hatte. Ich hob den Arm zur Schnur, zog aber nicht daran. Ich hielt ihn ausgestreckt und schwebend. Im Dunkeln tanzten die letzten Buchstaben als leuchtende Zeichen auf und ab. Die Schreibtischlampe hatte sie mir eingebrannt, brannte mir jeden Tag mehr in die Lider. Ich verfolgte sie und ordnete sie zu Worten ohne Sinn und Ziel, weil ich müde war. Kamingrundschulkabelautoschlüssel und Tastenstahlcouscoushand und Feldmausjahrindustriemannschaft und Wolkenhautfarmgabelhoffnungraum. Schlangen wanden sich vor meinen Augäpfeln. Wunderschöne Schlangen, die mich nun zum Lachen brachten, weil ich wusste wie sinnlos sie waren. Ich sah sie an, entschlüsselte ihre Glieder und bewunderte ihre ziellosen Formen. Sie sagten nichts und beruhigten mich.

3.

»Dies waren die letzten Briefchen, die ich von Ihnen erhalten habe. Ich vermute, dass es in der Kommunikationsabteilung zu Verzögerungen gekommen ist, denn es würde mich überraschen, wenn Sie alle gleichzeitig das Interesse verloren hätten. Sollte dem so sein, bitte ich Sie, mir dies schriftlich mitzuteilen.«, sagte ich und schlug das Buch auf. Die Geschichte eines dunklen Ortes, nicht unähnlich unserer Welt, wo die Menschen benebelt Plastik aussortierten und Geschirr herstellten und nicht richtig denken konnten.

4.

»Auch heute habe ich keine neuen Nachrichten erhalten. Ich bin aber zuversichtlich, dass die Probleme in der Kommunikationsabteilung bald gelöst werden. Ich bitte Sie um Geduld.«, sagte ich und drehte das Funkgerät ab. Noch während alle Anzeigen erloschen, stand ich auf und schleuderte zugleich den Stuhl in die Schwärze der Bibliothek. Er rutschte einige Meter weit zwischen die Regale und weckte zwei Lampen. Zuerst die eine, dann die andere. Erst erlosch die eine, dann die andere und ich ließ ihre Blendungsflecken zwischen Büchern tanzen, bevor ich durch das Loch in den Korridor stieg und, mit Tränen ringend – ich hatte schon länger nicht geweint –, in die Kammer stürmte. Aus dem Augenwinkel ein Blick auf das leere Körbchen. Ich musste Pläne machen.

5.

Da war sie also, die Hand, das Wirken unserer Pflicht oder vielmehr die Pflichterfüllung jemand anderes. Vielleicht gab es eine Abteilung der Strafverfügung, des Strafvollzugs oder vielleicht einfach eine Disziplinarabteilung. Vielleicht gab es sie nicht. Vielleicht gab es eine Abteilung des Erstickens. Jemand, der gerade noch Kind gewesen war, wurde gewiss gerade vom Lehrer beiseite genommen. Dem nicht-mehr-Kind wurde soeben gratuliert und ihm wurde mitgeteilt, dass er seine Pflicht gefunden habe. Er sei so gut darin zu organisieren, sei ein guter und schneller Leser und würde also von nun an die Kommunikationsabteilung leiten – H-43. Und ein lebloser blauer Körper wurde gewiss in eben jenen Augenblicken aus H-43 hinaus geschleift und in ein Rohr gestopft, das ihn zur Körperbeseitigungsabteilung sandte. So malte ich es mir aus und malte mir mein eigenes Schicksal ähnlich trist und gnadenlos an die Decke meiner Kammer. Die Rebellion war zu Ende und obwohl ich mir selbst vorspielte, heftig und gequält hin und her zu überlegen, eine Vielzahl möglicher Szenarien und Handlungsweisen abzuwägen, gab es eigentlich nur eine Option, nur einen Weg – ich musste die Bibliothek verlassen, musste meinem Heim entfliehen, aber keine ruckartigen Bewegungen, keine Furcht zeigen bis es soweit war. Also wählte ich das nächste Buch aus, zwang mich in den Schlaf und erwartete den nächsten Morgen.

6.

Ich besaß keinen Rucksack, für Taschen oder Säcke gab es in der Abteilung keine Verwendung. Was eine Tasche war wusste ich und auch Säcke kannte ich. In Säcke hatten die Schwestern unser schmutziges Bettzeug gestopft und in anderen Säcken hatten sie neues gebracht. Beim Gedanken an Säcke erinnerte ich mich an frisch gewaschenes Bettzeug, wie es sich anfühlte, wie weich und kühl es war. Hier in F-23 wusch ich mein Bettzeug händisch und mit nichts als Wasser. Und ich musste haushalten. Die Laken waren mittlerweile aufgeraut und löchrig, taten aber ihren Zweck eben noch so. Ich hoffte für meinen Nachfolger, dass man neues Bettzeug in die Kammer bringen würde, bevor er durch die Schleuse trat. Für mich hatte man das nicht getan. Noch heute roch ich in meinem Polster den Schweiß des alten Mannes und ich konnte mir nicht vorstellen, es einmal nicht mehr zu tun, seine Spuren einmal nicht mehr in der Nacht um mich zu haben. Von Rucksäcken hatte ich erst aus einem der Bücher erfahren. Ein Sack für den Rücken mit Riemen, den man über beiden Schultern trug. Ein Sack mit vielen kleinen Taschen. Etwas, was man für eine Wanderung dringend benötigte, wollte man nicht an der Unhandlichkeit des Gepäcks verzweifeln.

Also – der Overall, ein Hemd und Bettbezug. Ich vereinte die Ecken des dünnen Bezug und verknotete sie, wobei ich an einer Seite eine kleine Öffnung ließ; zwei Ecken also zog ich weniger tief in den Knoten als die anderen. Den so entstandenen Sack steckte ich in den Overall und zog den Stoff an der Öffnung an vier Stellen zweimal durch die leeren Gürtelschlaufen (Gürtel hatte ich nie einen bekommen – wozu hatte ein Overall überhaupt Gürtelschlaufen?) und knotete sie an den Schlaufen fest. Das Hemd riss ich in zwei Hälften und drehte daraus zwei leidlich feste Bänder mit Knoten an den Enden, damit sie sich nicht auszudrehen begännen. Ich riss Löcher in den Stoff der Overall-Taschen und führte die Hemdbänder hindurch und verknotete die Enden. Dann streckte ich meine Arme durch die so entstandenen Schlaufen und führte die

Overall-Hosenbeine um meinen Bauch, wo ich sie ebenfalls verknotete. So viele Knoten, verknoten überall – Enden verbinden oder etwas in sich selbst verknoten. Diese Worte hatten wir früh im Klassenraum gelernt und damals wusste ich nicht warum. Ich wusste es immer noch nicht. Gewiss hatte man uns weder das Wort noch das Verknoten von Schnüren selbst beigebracht, um dieses Wissen irgendwann in der Bibliothek oder in der Kommunikationsabteilung einzusetzen. Ich fragte mich, welche Pflicht jemandem auferlegt sein musste, die einen zwang, Schnüre zu verknoten. Ein Rucksack. Ich hatte einen Rucksack gebaut und war noch nie so stolz auf meine Hände gewesen. Er wärmte meinen Rücken, obwohl es in der Bibliothek nie kalt war. Auf einmal bereute ich es ein wenig, meine Kleidung zerstört zu haben. Was, wenn man in der Bibliothek die Heizung abdrehte, gemeinsam mit der Luft und dem Wasser? Ein kalter Erstickungstod – auch nicht schlimmer als der Erstickungstod allein. Nackt also und mit voll bepacktem Rucksack machte ich mich auf den Weg und auf die Suche nach … nach irgendetwas, einem Fluchtweg.

7.

In meinem Rucksack befanden sich zwei Tagesrationen und Wasser, das ich in sechs ausgespülte Dosen gefüllt und mit den ausgefädelten Schnürsenkeln meiner Schuhe und ihren eigenen abgezogenen Deckeln bestmöglich versiegelt hatte – ich hatte die Dosen mit einem Stück aus einem Kissenüberzug gedrehter Schnur eng aneinander gebunden und sie umsichtig auf den Rationen platziert. Sie würden nicht gänzlich dicht halten und ich trauerte um das verunstaltete Kissen. Ich erinnerte mich an die Nacht des großen Festmahls als ich die Konserven, zwei Kissen und ein Leintuch in der verborgenen

Kammer entdeckt hatte. So tief hatte ich noch nie geschlafen, umarmt und umfangen von frischem, weißem Stoff. Das war eine feierliche Nacht gewesen.

Zusätzlich zu Wasser und Nahrung hatte ich einige Blatt Papier, zwei Bleistifte und ein Büchlein gepackt. Nur das Nötigste. Ich wollte noch einmal in meine Kammer zurückkehren. Dies war eine Erkundungsmission.

8.

Ich stellte mir vor, ich spazierte durch eine Allee – *Allee* – hatte ich geschrieben: *Straße (Verweis auf Straße) mit Bäumen an beiden Seiten. (Verweis auf Bäume) Einzelne Bäume in einer Reihe an der Straße entlang. Kein Wald, von Menschen gemacht. (Verweis auf Wald)* – und versuchte mir ein Bild davon zu machen, wie eine Straße mit Bäumen unter freiem Himmel ausgesehen haben mochte und wie sie gerochen haben mochte und scheiterte daran. Mir fehlten Erinnerungen an Gerüche und mir fehlte der Wind. Außerdem führte mich mein Weg nicht zwischen den beiden endlosen Regalen, die ich in meiner Vorstellung zu Baumreihen gemacht hatte, hindurch, sondern auf der rechten Seite an der kahlen, grauen Mauer entlang. So war meine Straße eine Halballee, eine nicht ganz gewordene Allee genau wie meine Vorstellung, die Szene, die ich nicht vollständig abspielen konnte.

9.

Mit der rechten Hand über die Wand streichend und mit wandernden Augen marschierte ich in die Tiefe der Bibliothek. Jede Unebenheit musste abgetastet und untersucht werden, ob sie nicht eine Tür oder einen Schacht verbarg. Schließlich hatte ich auch die Kammer mit den Konserven und dem

Funkgerät jahrelang nicht entdeckt. Was mochte sich noch alles hinter den Mauern der Bibliothek befinden? Noch mehr Konserven, eingelegte Pfirsiche? Das war nicht, was ich suchte, aber ich hätte mich darüber gefreut. Nach zwei (schätzte ich) Stunden steten Vorwärtsgehens lief mir die Spucke zusammen bei dem Gedanken, noch einmal Pfirsiche schmecken zu dürfen. Aber es gab keine Pfirsiche und alle Unebenheiten stellten sich als nichts anderes als Unebenheiten heraus. Alles war was es zu sein schien und da konnte ich noch so lange mit den Fingerspitzen an der Mauer entlangfahren. Auf der rechten Seite der Bibliothek fand sich kein Lüftungsschacht. Ich war mit sicher gewesen, dass es weitere geben musste – auf beiden Seiten. Aber nach drei Stunden (ungefähr) hatte ich bis zur Decke nichts als blanken Beton gefunden. Vielleicht ganz oben, ganz unter der Decke. Dass ich wusste, was in diesen letzten Zentimetern lag, die mir uneinsehbar blieben, redete ich mir ein. Es war nicht zu überprüfen und die Idee, genau dort könnte mein Fluchtweg versteckt sein, sollte mir gar nicht erst kommen, obwohl sie sich längst eingenistet hatte und mich bedrückte. Vier Stunden (in etwa) – alles gleich, alles grau. Fünf Stunden (mussten es gewesen sein) und der Schmerz in meinen Füßen, meinen Knien und im Becken war kaum noch zu ertragen. Ich musste mich jetzt immer wieder hinsetzen, um das Gewicht von meinen Knochen zu nehmen. Hatte ich nicht gelesen, dass Menschen Stunden und Tage durch steiles Gelände wandern konnten? Vielleicht war ich kein Mensch, wie man ihn in den Büchern beschrieb. Vielleicht waren meine Knochen nicht mehr die eines Menschen. Der freie Himmel fehlte ihnen und die Weite, die Möglichkeit von Weite. Es stach in meinen Gliedern als wäre darin alles gesplittert – aber ich konnte aufstehen, konnte immer wieder aufstehen und noch ein paar Schritte tun, stets weniger als zuvor, aber es ging. Irgendwann jedoch war es genug, war ich am Ende, musste rasten, liegen, trinken und essen. Ich hätte viel früher Wasser trinken sollen. Es belebte mich und erst jetzt fühlte ich, wie trocken und aufgesprungen meine Lippen waren und wie mir die Kehle schmerzte, wie schwer das Atmen fiel. Ich legte mich hin, bettete den Kopf auf meinen Rucksack und presste den Rücken gegen die kühle Mauer und nachdem ich mich eine Minute lang nicht gerührt hatte, erlosch das Licht über mir. Augenblicke später war ich eingeschlafen. Ein schwarzer Schlaf voll bilderloser Träume – Träume aus formlosen Gedanken und Erschöpfung.

10.

Ich erwachte in derselben Dunkelheit wie es sie sonst zwischen den Lampen gab, wenn eine der kurzen Leuchtstoffröhren in ihrem rechteckigen Schirm erstarb und die nächste noch nicht bereit war oder man noch nicht ganz unter sie getreten war. Ich lag flach auf dem Rücken und wusste, sobald ich meinen Oberkörper oder auch nur einen Arm hob, würde ein Bewegungsmelder meine Anwesenheit erkennen, ein Signal an die Lampe über meinem Schlafplatz schicken und ich würde geblendet, so ich nicht die Augen schloss. Die beiden absoluten Dunkelheiten – die des Schlafens und geschlossener Lider und die der wartenden Bibliothek – glichen sich in ihrer Schwärze und dennoch hätten sie nicht unterschiedlicher sein können. Aber ich konnte ihren Unterschied nicht erklären. Nach einigen Stunden des Schlafs mit dem Kopf auf dem Rucksack und dem Körper auf dem kahlen Grund schmerzen nicht mehr meine Füße oder Knie, sondern mein ganzer Rücken und mein Nacken war so steif, dass ich nicht wagte den Kopf zu drehen. Ich hatte seit meiner Kindheit nicht mehr in einem richtig bequemen Bett geschlafen, obwohl die in der Kammer gefundenen Polster meine Nächte erleichtert hatten. Jedoch hatte ich mich trotzdem noch nie so steif und schwach gefühlt. Anstatt aufzustehen rollte ich mich auf den Bauch und verweilte auf allen Vieren. Immer noch kein Licht. So krabbelte ich ein paar Meter, bis mir die Knie erneut zu schmerzen begannen und richtete mich auf. Gleißend erwachte das Licht und der Tag war eröffnet. Fünfunddreißig Millionen Bücher in etwa gäbe es in meiner Bibliothek, hatte mir der Lehrer in meinen letzten Momenten vor dem Klassenraum erklärt. Er hatte es gesagt als sei er stolz darauf, als hätte er die Bücher selbst gesammelt und als übergebe er mir eine große Verantwortung und erweise mir größtes Vertrauen. Zwei Regalreihen, jeweils beidseitig bestückt und sieben Bücher hoch, dazwischen die Schiene des mechanischen Greifarms, den ich seit Monaten nicht mehr in Gang gesetzt hatte. Ich schätzte, es würde bei meiner Geschwindigkeit noch vier Tagesmärsche brauchen, bis ich das Ende der Bücher und damit hoffentlich das Ende der Bibliothek erreicht haben würde. Noch nie hatte ich versucht, tiefer als eine Stunde weit zwischen die Regale vorzudringen und noch nie hatte ich trotz meiner Rebellion zuvor auch nur mit dem Gedanken gespielt, es gäbe ein Ende der Bibliothek und ich könne es erreichen. Bei der Vorstellung, noch einmal vier Tage zu wandern und dann womöglich, wenn nicht doch ein Wunder geschah und ich einen Fluchtweg entdeckte, wieder fünf Tage (obwohl ich ohne meine Uhr nicht wusste, ob es wirklich Tage waren) zurück zu meiner Kammer, zitterten mir die Beine und fühlte ich das Ziehen im Rücken umso mehr. Viel lieber hätte ich im Bett gelegen und ein Buch gelesen, Neues gelernt und aufgeschrieben oder wäre vor dem Funkgerät gesessen, hätte das Buch den anderen Abteilungen vorgelesen oder anstatt zu lesen mit H-43 gesprochen über unsere Pläne, den Abteilungen ohne Bücher das Lesen und Verstehen beizubringen. Es half nichts zu hadern – weiter.

11.

Die nächsten vier Tage vergingen im Nebel meines ermüdeten Blickes und verliefen ohne jede Entdeckung. Die graue Mauerschliere zog unaufhörlich an mir vorüber und ich setzte einen Fuß vor den anderen. Irgendwann fühlte ich meine Beine nicht mehr und auch die Schmerzen wichen einer müden Taubheit, die sich erlösend über meine Nerven legte. Weiter, weiter, weiter, dann schlafen, aufwachen ohne jede Erinnerung an die Nacht und wilde bilderlose Träume, während derer ich mich jedes Mal weiter von der Wand fort rollte. Am vierten Morgen erwachte ich mit der Hand zwischen den Büchern im Regal. Eines davon war mir auf die Brust gefallen und hatte zwischen meinen Brüsten einen dunkelblauen Fleck hinterlassen. Einmal noch raffte ich mich auf und tröstete mich mit dem Gedanken, dass ich, wenn schon nicht unbedingt den Fluchtweg, den ich suchte, so doch zumindest das Ende der Bibliothek – vermutlich eine graue Mauer – erreichen würde und dass ich danach endlich umkehren durfte. Mit dem Wasser hatte ich gut Haus gehalten und auch Nahrung blieb mir noch zur Genüge. In die leeren Behälter hatte ich mich, als ich es nicht mehr halten konnte, erleichtert. Sie stanken furchtbar aus dem Rucksack, doch ich weigerte mich, sie stehen zu lassen. Es fühlte sich falsch an. Ich würde sie bei meiner voraussichtlichen Rückkehr in meiner Kammer entsorgen.

12.

Da musste es sein – das Ende. Gleich, nicht mehr lange, ein Schritt noch und noch ein Schritt und noch ein Schritt. Meine Füße bluteten. Die Haut war am Fußballen aufgerissen. Der Nagel an meinem großen Zeh war blau, wo ich ihn im Finstern in der dritten Nacht gegen die Wand geschlagen hatte. Noch ein paar Schritte und dann würde ich das Ende der Bibliothek erreicht haben. So sehr konnte ich mich doch nicht verrechnet haben. Oder hatte der Lehrer sich geirrt? Gab es viel mehr als nur fünfunddreißig Millionen Bücher in der Bibliothek? Vielleicht waren es doppelt so viele. Unendlich viele. Wenn das Ende nicht bald erreicht war, würde ich umkehren müssen. Aber umkehren, so kurz vor dem Ziel? Mir würde das Wasser ausgehen – na und? Ich konnte einen Tag lang marschieren ohne zu trinken. Vor allem auf dem Rückweg, wo mich in meiner Kammer ein Wasserhahn erwartete. Umkehren auf keinen Fall – nicht heute. Wenn nach einem sechsten Tag nichts gefunden war, dann vielleicht. Oder vielleicht sollte ich einfach so lange gehen, bis ich ans Ende gelangte. Ich war schließlich auf der Flucht. So eine Verschwendung, umzukehren. Schade um die Zeit und um meine Füße. Ich wollte sie nicht um nichts und wieder nichts geschunden haben. Mir entkamen die Gedanken und mich schwindelte und dann waren auf einmal die Regale leer. Keine Bücher mehr. Leere Bretter, Zentimeter dick mit Staub bedeckt. Nun erst fragte ich mich, warum die Bücher nicht ebenso staubig waren und verdrängte die Frage. Sie wurde von Fassungslosigkeit verschluckt. Da waren keine Bücher mehr, bloß metallene Regalbretter – *Regalbrett*: hatte ich einmal geschrieben und erinnerte mich nicht mehr genau, wie ich das Wort definiert hatte. Aber ein Brett sollte aus Holz sein und nicht aus Metall. Aber die Regale in der Bibliothek waren aus Metall und ich hatte kein anderes Wort für sie als: *metallene Regalbretter*. Sie verliefen von Lichtkegel zu Lichtkegel hinein weiter in die Dunkelheit. Kein Ende in Sicht. Es gab kein Ende. Da war nichts, verlief ins Nichts, verwandelte sich in nichts. Dort wo es keine Bücher mehr gab, war der Ort auch keine Bibliothek mehr. Ich war gar nicht mehr in der Bibliothek, sondern in einem ungenutzten Lager. Der Rucksack glitt mir von den Schultern und ich ließ ihn fallen, fing ihn nicht, sondern ging weiter, machte weiter Schritte, begann am Regal entlang zu gehen, dann zu sprinten, sodass die Lampen über mir erst hinter mir erwachten als flöhe ich vor ihrem Licht. Sie holten mich nicht ein, manche Leuchten sprangen erst gar nicht gänzlich an, beließen es bei einem kränklichen Flackern und ruhten wieder. Ich sah nicht nach vorne, sondern hielt den Kopf so gut es ging nach links auf das Regal, durch das Regal zum zweiten, ebenso leeren gerichtet. Ich hoffte, dass es sich nur um eine Lücke handelte, dass nach wenigen Schritten wieder Bücher zu finden wären, doch da war nichts. Ich tauchte unter dem untersten Regalbrett hindurch in den Mittelgang. Ich flog vorwärts, fühlte die Haut meiner Sohlen reißen und ignorierte das Brennen in der Lunge – dann glitt mein rechtes Bein haltlos vorwärts. Ich strauchelte und prallte mit der Stirn gegen eine scharfe Kante, erblindete einen Augenblick lang und schlug hart auf dem Beton auf.

13.

Nichts war gebrochen, ich blutete nicht und mein Blick war so klar wie noch einen Augenblick zuvor, schärfer sogar. Dennoch konnte ich mich nicht rühren, hatte keinerlei Kontrolle über die Muskeln meiner Arme, meiner Beine, nicht einmal die Augenlider ließen sich bewegen. Und ich bekam keine

Luft. Als habe man von einem Moment auf den nächsten allen Sauerstoff aus der Bibliothek gesogen und mich in einem Vakuum zurückgelassen – aber da war Luft, da war Staub in der Luft. Lichtstrahlen glänzen gegen die Staubkörner geworfen und spielten ein Schattenspiel mit den schwebenden Partikeln. Und als ich ewige Sekunden später meine Atemlosigkeit erst zu bemerkten und zu begreifen begann, fing ich an auf dem Boden zu zucken, mich zu winden und erfolglos den Mund aufzureißen. Ich war nicht auf den Kopf gefallen, sondern mit der vollen Wucht meines Laufs auf dem Rücken aufgekommen. Der Sturz hatte allen Atem aus meinen Lungen gepresst und das Organ wie die umgebenden Muskeln in verwirrte Aufruhr versetzt. Sie gehorchten mir nicht und ich war mir zum zweiten Mal in jenen Monaten sicher, nun sterben zu müssen. Aber während ich dort lag und fühlte, dass es zu Ende ging, schärfte sich mein Blick noch mehr und wanderte schichtweise durch alles über mir. Vom wirbelnden Staub zum gleißenden Licht und dem Schirm darum herum: Seltsame Fäden spannten sich annähernd kreisförmig verflochten vor der kurzen Leuchtstoffröhre, an den Rändern der Schirms abgespannt und befestigt. In den Fäden verfangen baumelten Kokons wie Schmetterlingskokons – ein Seidenraupenbau. Seidenraupen waren keine Herdentiere, keine Schwarmtiere oder wie nannte man das – das weiß ich immer noch nicht. Ich hatte von Seidenraupen gelesen. Aber ich hatte auch von Spinnen gelesen: Das war ein Netz, eine Falle und die Kokons waren Särge oder Vorratskammern in der Wand. Eingesponnen darin hilflose Insekten, vielleicht Falter oder verirrte Ameisen, vielleicht auch eine Heuschrecke oder ein Wespe, die auf dem Weg zu einem Gartenfest vom Weg abgekommen war. Nur wo war die Spinne? Sie saß nicht am Rand des Netzes auf der Lauer – das sah ich genau: So scharf war mein Blick selbst durch die Blendung. Langsam aber verfinsterte er sich und ich merkte erst, während ich mich zu trösten versuchte und an Abschiedsworte dachte, dass bloß meine Lider verspätet einem Befehl folgten und ich sie aus eigener Kraft und nicht wegen des nahenden Todes schloss. Ich riss die Augen wieder auf und da beruhigten sich die Muskeln in meinem Oberkörper, entspannten sich die Lungenflügel und ich atmete tief ein und aus. Weiterleben und mein Blick verklärte sich ein wenig, verlor die übernatürliche Schärfe der vergangenen Sekunden – das Netz erkannte ich immer noch und dahinter das Licht und darüber die Schiene des mechanischen Arms, die eben hier, wo ich zu Fall gekommen war, über der Lampe endete. Ein breiter Klotz markierte ihr Ende und dahinter nichts mehr – der Arm konnte also nicht weiter als bis hierher fahren, bis hierher, wo es keine Bücher im Regal mehr gab. Hatte man gewusst, dass es so sein würde, als man die Bibliothek baute? Aber wozu die Regale, dann noch weiter, so viel weiter als notwendig, ja endlos, ziehen und ebenso den Raum? Vielleicht hatte man gedacht oder gehofft, mehr Bücher hierher bringen zu können. Vielleicht war ich auch gar nicht in der Lage zu verstehen, was einen Menschen damals einmal bewogen hatte das eine zu tun und das andere nicht. Da war noch mehr. Einige Spinnfäden führten vom Rand des Lampenschirms – genauso wie ein dickes graues Kabel vom Klotz (dem Prellbock) – hinaus aus den letzten Lichtausläufern in die Dunkelheit unter der Decke. Kabel und Spinnfäden konnten nicht weiter als einen Meter reichen. So niedrig war die Bibliothek und obwohl ich durch die Finsternis nicht bis hinauf sehen konnte, wusste ich, dass ich die Stelle erreichen musste, zu der sie führten.

14.

Die Spinne entdeckte ich zerquetscht und bis auf ihre verdrehten Beinchen unkenntlich an meiner Ferse und als Schleifspur hinter mir auf dem Boden. Sie hatte mich zu Fall gebracht, hatte ihr Leben gegeben, um mich zum Anhalten zu zwingen. Sie musste riesig gewesen sein. So viel Blut und Schleim auf meiner geschundenen Sohle. Alle Tiere mussten sterben in der Bibliothek – außer mir, so schien es. Ich lebte und mein Körper leistete jedem noch so schlimmen Sturz Widerstand, weigerte sich beschädigt zu werden. Den Schlag meines Kopfes gegen das Regal und den Aufprall auf dem Boden fühlte ich kaum noch, obwohl sie Spuren hinterlassen hatten – blaue Flecken und ein klein wenig Blut.

15.

Ich erklomm das linke Regal wie eine Leiter und griff nach dem Lampenschirm, dann nach der Schiene und zog mich daran hoch. Ein Wunder (Wunder ist ein Wort, das ich bis heute kaum verstehe), dass meine schwachen Arme mein Gewicht an der Schiene hielten und mich sogar nach oben hievten. Auf dem Bauch robbte ich über die Schiene auf den Prellbock zu und streckte mich nach dem Kabel, um es nach oben zu verfolgen. Es war straff genug, um sich daran zu halten und erlaubte mir, mich daran auf der Schiene aufzurichten. Das Kabel verschwand eine handbreit über meinem Skalp in einem kreisrunden Loch – doch höher als ich dachte. Das Loch war gerade groß genug, dass ich meinen Kopf hineinstecken hätte können, kein Fluchtweg. Da passte ich nicht hinein und trotzdem wollte ich sehen, was es darin zu sehen gab. Ich fasste also das Kabel aus dem Prellbock mit der einen und das Kabel der Lampe mit der anderen Hand, zog das Licht zu mir – es war nicht heiß – und richtete es auf das Loch in der Dunkelheit. Da war nichts als ein Kabelstrang – schwarz bis auf das eine Graue aus dem Prellbock – der den gesamten Hohlraum ausfüllte. Aber etwas war da doch – ein Wimmeln aus den Kanten des Lochs zwischen den Kabeln und auf dem Beton rundum. Da waren Insekten, Ameisen, zwei Heuschrecken, drei Falter, eine handvoll Motten, Fliegen, Mücken, keine Wespen – die Beutetiere der toten Spinne. Ihre Fäden spannten sich wie ein Trichter von ihrem Netz im Lampenschirm vor das Loch und ich ruinierte ihr Bauwerk mit jeder Bewegung meines Kopfes mehr und mehr. Die Spinne also hielt vor dem Loch Wache, damit keine Lebewesen in die Bibliothek eindringen konnten. Sie musste über die Jahre jedoch fett und unaufmerksam geworden sein, hatte den Falter durch ihre Fänge gleiten lassen – nicht die Ameisen. Die hatten sich einen anderen Weg gebahnt. Sogleich schwirrten die Motten auf, die Fliegen und die Falter, die Heuschrecken stießen sich ab und stürzen hinab. Das Netz war gerissen, der Weg frei. Sie verschwanden in die Weiten der Bibliothek und ich verlor sie aus den Augen als ich auf einmal in meinen Beobachtungen versunken das Gleichgewicht verlor und mich gerade noch an dem grauen Kabel hielt, es mit einem Ruck aus der Decke riss und mit dem Oberkörper auf dem Prellbock zum Liegen kam, die Beine baumelnd. Meine Füße tasteten nach Halt auf der schmalen Schiene doch als sie ihn fanden, ertönte hinter mir ein kreischendes Kratzen und der Prellbock begann wütend zu vibrieren. Gerade noch stürzte ich mich nach unten und landete flach auf dem Bauch – erneut floh mir der Atem – bevor der mechanische Arm, wo ich eben noch gehangen hatte, gegen den Prellbock krachte, ein Ächzen von sich gab und erstarb. Er würde niemandem mehr Bücher auf den Schreibtisch legen. Das graue Kabel hing über mir und sprühte noch letzte Funken, während daran entlang bereits Mücken und Wanzen krabbelten, um ihr neues Reich zu erkunden.

16.

Fünf Tage zurück, das heißt viermal auf dem kalten Fußboden schlafen. Ich hatte kaum noch Wasser. Die Hälfte meiner Vorräte war ausgelaufen nachdem ich den Rucksack achtlos zu Boden hatte gleiten lassen. Aber es genügte. Ich trank fast nicht, denn es widerstrebte mir zu sehr, mich an der Mauer zu erleichtern, obwohl es einige Male nicht zu vermeiden gewesen war. Die Urindosen waren auch ausgelaufen und der Rucksack stank danach. Nun hatte ich keine Lust mehr, in Dosen zu pinkeln. Ich markierte meinen Weg, steckte mein Reich ab, wie es Hunde – Haustiere, wie ich gelesen hatte (man hielt sie, weil man sie liebte) – taten. Aber der Bauch schmerzte mir, eine feste Masse Kot hatte sich in meinem Darm festgesetzt und mir graute davor, sie herauspressen zu müssen. Fünf Tage zurück und meine Füße bluteten und meine Knie knackten bei jedem Schritt. Ich stolperte am Schreibtisch vorüber, durch das Loch in den Korridor und in meine Kammer, wo ich lang ausgestreckt auf dem Bett liegen blieb. So zu liegen tat noch mehr weh als der Beton die Tage zuvor. Mein Körper war die Matratze, die himmlischen Polster, nicht mehr gewöhnt. Dennoch schlief ich ein und erinnere mich nicht, jemals so lange geschlafen zu haben. Die Zeiger der Uhr wiesen auf sieben als ich sie bei meiner Rückkehr ansah und sieben als ich erwacht in die Bibliothek wankte. Im Korridor auf dem Tischchen unter dem Rohr war das Körbchen leer. Keine Nachricht von H-43.

17.

Das Funkgerät aufzudrehen, ein allerletztes Mal, war eine Überwindung, doch als ich dann davor saß zögerte ich nicht.

»Entschuldigen Sie meine Abwesenheit.«, sagte ich. »Ich habe keine neuen Nachrichten von Ihnen erhalten. Das Problem in der Kommunikationsabteilung scheint noch nicht gelöst zu sein. Aber machen Sie sich keine Sorgen. Selbst wenn Sie eine Weile nichts voneinander lesen, Ihre Briefchen nicht anzukommen scheinen. Haben Sie Geduld und schreiben Sie weiter. Schreiben Sie auf, was Sie sich denken und antworten Sie darauf, was andere denken könnten. Ich habe größtes Vertrauen in Sie. Ich bin mir sicher, dass Sie vieles verstehen und noch viel mehr zu verstehen lernen können. Erlauben Sie mir zu behaupten, dass es von größter Bedeutung für Sie ist, das Wörterbuch, das Ihnen zugeschickt wurde, zu studieren. Ich kenne Ihre Pflicht nicht, weiß nicht wie sich Ihre Tage gestalten, aber glauben Sie mir. Nun, da ich keine Fragen zu beantworten habe, möchte ich mich nicht länger mit Ratschlägen aufhalten. Was ich sagen möchte, wollen Sie gewiss nicht hören und ich bezweifle, dass es Ihnen helfen würde. Womöglich wäre es sogar schädlich. Das macht mich traurig und ich entschuldige mich für die Unannehmlichkeiten, die ich Ihnen in den vergangenen Monaten bereitet habe. Und obwohl ich nicht glaube, dass meine Worte ihr Ziel erreichen, möchte ich mich noch kurz an eine ganz bestimmte Abteilung richten. H-43, bitte verzeihen Sie mir.«

18.

Ich las acht Stunden lang, las von einem Kind, das mit seinem Großvater Fische fing und die schwerverletzten Tiere zurück ins Wasser werfen wollte. Später zerbrach das Kind Schneckenhäuser, weil es dachte, dass sich in den Häusern kleine

Schneckenkinder verbergen müssten, mit denen es spielen wollte. Die Schnecken starben und das Kind war traurig. Das Kind kümmerte sich um Welpen, die es in einem Erdloch gefunden hatte und brachte der Hundemutter Suppe und versuchte bei den Bauern in der Umgebung ein Zuhause für die kleinen Tiere zu finden. Das Mädchen gab die Welpen einem alten Mann, doch der ertränkte sie in einer Regentonne. Es verlor den glauben daran, dass alle Menschen gut seien. Das Mädchen spielte im Wald neben den Gleisen und sah dabei zu, wie eine Hündin von einem Zug überrollt wurde. Sie vergaß dieses Geräusch nie wieder und fragte sich, ob sie hätte helfen können. Sie versuchte die Sprache der Hunde zu erlernen, damit nie wieder solche Fragen an ihr nagten und es gelang ihr. Mit dieser neuen Stimme, der Hundestimme, rief sie nach den Tieren und fand über die Jahre viele hungernde Welpen. Man hasste sie dafür. Aber nicht alle. Das Kind kümmerte sich und wann immer es sich nicht kümmern konnte, zeichnete es sich tief in ihm ein. Es hinterließ Spuren. Das Kind wuchs auf und vergaß die Sprache der Hunde und dennoch sprach sie weiter mit ihnen und hörte niemals damit auf. – »Vielen Dank. Ich wünsche Ihnen allen eine wunderschöne Woche und beste Gesundheit!«, sagte ich und schaltete das Funkgerät aus.

19.

Weil ich mich einige Minuten lang nicht rührte, wurde es finster. Ein Plan hatte sich während des Lesens geformt. Eigentlich wusste ich schon am Morgen – als ich beschloss, dass es Morgen war – was ich tun würde. Die Schleuse war fest verschlossen. Ich stand davor und schloss die Augen bei dem Versuch, mich an meine Ankunft in der Bibliothek zu erinnern. Ich erinnerte mich an den alten Mann und seine Worte, aber nicht daran, wie ich zur Schleuse gekommen war oder wie es außerhalb der Abteilungen ausgesehen hatte. Ich erinnerte mich auch nicht daran, was ich gefühlt hatte, wie es gewesen war zum ersten Mal allein zu sein und auch in jenen Minuten konnte ich die Erinnerung nicht wiederfinden. Also packte ich den ersten Ordner meines Lexikons und brachte ihn zu der Klappe vor dem Schacht. Ich warf ihn ins Archiv, in die Tiefe und hörte wie er davon schlitterte. Dann holte ich den nächsten Ordner, warf ihn hinein, dem Falter in seinem Dosensarg hinterher und den nächsten und den nächsten, bis das gesamte Lexikon verschwunden war. Zuletzt kehrte ich in meine Kammer zurück, setzte mich aufs Bett, dann legte ich mich hin. Ein paar Mal schaltete ich das Licht aus und ein. Dann ging ich auf die Toilette, wusch meinen nackten geschundenen Körper am Waschbecken und griff mir mein Bettzeug – Decke, Polster und Lacken. Darin wickelte ich meinen Roman ein, den Ordner mit den Zetteln, die Sie gerade in Händen halten. Auch diese Dinge warf ich in den Schacht und zwölf zufällige Bücher, stieg ihnen hinterher, die Beine voran, ließ mich – eine Hand an der Kante, die andere an der Klappe – hinab soweit es ging. Einen Augenblick noch innehalten, das rasende Herz zur Ruhe bringen – ich löste die Finger und entfloh.

20.

Zwanzig Sekunden rutschte ich in die Tiefe. Ich zählte meine Atemzüge und versuchte die Atemzüge den Sekunden anzupassen. Eine halbe Sekunde ein – eine halbe Sekunde aus – zwanzig Mal, bis der Schacht abflachte und der Schwung mich die letzten Meter bis zur Öffnung trieb, wo ich mir sicher war, in ein bodenloses Loch und in den Tod zu stürzen. Aber der Fall war bloß so tief wie die Regale der Bibliothek hoch waren und ich landete auf dem Gipfel eines Berges von Ordnern, die ich und womöglich mein Vorgänger über die vergangenen Jahrzehnte in den Schacht geworfen, archiviert hatten. Bis auf die spitzen Ecken der Ordner, die sich durch mein unter mir gelandetes Bettzeug unangenehm in meinen Rücken bohrten, hatte ich keine Schmerzen. Der Roman, die zwölf Bücher und alles andere war an den Fuß des Ordnerhaufens gepurzelt und lag verstreut auf dem grauen Beton, der auch hier, wie überall in den Abteilungen, den Bodenbelag bildete. Über mir brannten vier Lichter. Eines an jeder Seite des rechteckigen Schachtes. Mir war schwindelig und ich war verwirrt und enttäuscht. Ich hatte Größeres erwartet, anderes. Ich hatte erwartet zu sterben oder in einem endlosen Meer aus Ordnern zu landen oder in einer natürlichen Höhle oder auf ein Feld hinaus zu kullern unter blauen Himmel, Vögel in Formation über mir. Dieser Ort ähnelte bis auf seine Unordnung der Bibliothek und während ich den Vergleich zu ziehen begann, erwachte etwas abseits der Ordner eine Lampe und beleuchtete zwei Regale, die in die Dunkelheit hinein verliefen, gefüllt mit Ordnern anstatt Büchern. In der Mitte unter dem Lichtkegel stand ein alter Mann, eingefroren, angewurzelt, versteinert, schockstarr – keines dieser Wörter, die ich in den vergangenen Monaten aus den Büchern gelernt hatte, wurde seinem Zustand gerecht. Er stand still und zitterte zugleich, war stumm und bewegte doch die Lippen. Seine Augen waren weit, die Pupillen leer und als die Starre brach, fiel er auf die Knie und weinte.

21.

»Hallo«, sagte ich und sonst nichts, weil auch ich mich gelähmt fühlte. Die Gestalt schien mir unwirklich, bewegte sich schluchzend und zitternd und zuckend nicht wie ich mir andere Menschen vorgestellt hatte, wie sie sich in den Erinnerungen aus der Kindheit bewegt hatten. Der alte Mann bewegte sich flüssig und dann wieder abrupt und chaotisch. Er hatte keine Kontrolle über sich und das füllte mich mit Unbehagen. Erst als er schließlich aufhörte zu weinen, sich mühsam und traurig ächzend von den Knien erhob, verwandelte er sich in einen Menschen, wie ich mich an sie erinnerte. Ich hatte nie jemanden so gesehen, so wahrhaftig überwältigt. Weinende Kinder, weinende Schüler, niemals aber weinende Schwestern oder Lehrer – ihre Gesichter waren streng und ausdruckslos – vielleicht ein Lächeln, das es sogleich zu verstecken galt. Wir aber wussten immer, wann sie fröhlich waren. Wir flüsterten in der Nacht miteinander, um verstehen zu lernen, was die Schwestern und was den Lehrer zum Lächeln brachte. Ganz wurden wir uns dabei nie einig.

»Hallo«, wiederholte ich, nachdem der Alte sich wieder aufgerichtet hatte und zurück in seine sprachlose Starre zu fallen drohte. »Wo bin ich hier?« »Y-2 – Archiv.«, antwortete er pflichtbewusst, wie wir es gelernt hatten. »Danke.« Ich stieg unbeholfen hinab, zog mein Bettzeug hinterher und löste eine Ordnerlawine aus, die bis vor die Füße des alten Mannes rollte. Er wich nicht davor zurück. »Was machen Sie hier im Archiv? Was ist Ihre Pflicht?«

»Ich stehe um sieben Uhr auf. Um acht Uhr sitze ich an meinem Tisch und betätige den Hebel. Der Arm legt einen Ordner auf den Tisch. Ich sehe mir den Ordner an und fülle die Liste aus. Ich betätige den Hebel erneut. Der Arm greift sich den Ordner und stellt in das Regal. Ich betätige den Hebel erneut. Wenn die Liste voll ist, loche ich sie und lege sie in einen Ordner. Wenn der Ordner voll ist, stehe ich auf und werfe ihn in den Schacht. Ich nehme einen neuen Ordner aus einer der

Truhen neben der Klappe. Jedes neue Blatt Papier versehe ich mit einem Raster und mache daraus eine Liste nach Vorlage derer, die ich zuvor ausgefüllt habe. Das ist meine Arbeit bis acht Uhr abends. Um ein Uhr darf ich eine halbe Stunde Pause machen und etwas essen.«

»Das kommt mir bekannt vor.«, sagte ich und wagte es dem alten Mann eine Hand auf die Schulter zu legen. Er griff mit beiden Händen nach meinem Arm und umschlang ihn. Er löste seinen Griff und stürzte auf mich zu. Ich wich nicht davor zurück. Er legte seine Arme um mich und drückte mich an sich, sein Kopf auf meiner Schulter. Er begann wieder zu weinen.

22.

Der Archivar brachte mich, als er sich wieder gefangen hatte, in seine Kammer. Der Weg dorthin führte durch einen Durchstieg in der Wand neben seinem Schreibtisch, durch einen Korridor vorbei an einem Tischchen mit einem Körbchen voller Röhrchen darauf und einem Rohr darüber. In der Kammer gab es ein Bett, ein Waschbecken, einen kleinen Tisch und eine Toilette. Er gebot mir mich hinzusetzen und gab mir Wasser und einen Teil seiner Tagesration. Wir schwiegen einander an. »Es ist spät«, sagte er schließlich und legte sich hin und schloss die Augen. Ich verließ die Kammer, schlich auf Zehenspitzen durch den Korridor und stieg durch das Loch ins Archiv. Zwischen den Regalen erwachte ein Licht. Eine Weile ging ich ziellos an den Ordnerreihen entlang. Sie schienen so endlos wie die Bücherreihen meiner Heimat. Sollte ich einfach gehen bis ich irgendwo ankam oder verdurstete? Das hatte ich mich schon oben nicht getraut. Auch hier würde ich irgendwann umkehren, also konnte ich es auch gleich tun. Ich beschloss meine Bücher zu suchen und den

Roman, die unter der Ordnerlawine am Fuße des Haufens begraben lagen. Es dauerte nicht lange und ich richtete mir, wo ich sie fand, zwischen den verstreuten Ordnern, aus meinem Bettzeug ein Lager ein. Jede Minute hob und senkte ich die Arme um das Licht aufzuwecken, während ich schrieb, bis mir die Lust verging. Müde war ich aber ebenso nicht, also erhob ich mich, um die Abteilung weiter zu erkunden. Sie war breiter als die Bibliothek und trotzdem gab es auch hier nur zwei Regale. Das lag vermutlich an der Konstruktion des mechanischen Arms, der bewegungslos an seiner Schiene zwischen den Regalen hing. Ich überlegte, auch diesen Arm wie meinen oben in der Bibliothek zu zerstören, meine Rebellion von einer Abteilung in die nächste zu tragen, aber ich ließ es bleiben. Diese Entscheidung konnte ich nicht für den alten Mann treffen. Das hier war seine Abteilung und er selbst musste den Mut oder den Zorn aufbringen, den Arm zu lähmen.

Neben den Ordnern, die aus der Bibliothek hierher kamen, türmten sich zur Rechten und zur Linken weitere Berge und darüber klafften die Öffnungen weiterer Schächte. Von jedem der Berge griff ich mir einen Order und nahm sie zu meinem Lager mit, wo ich mich endlich hinlegte und begann sie durchzublättern. Die Listen darin ähnelten meinen eigenen. Sie enthielten Titel, Jahreszahlen und mehrere Namen – Namen von Menschen und Namen, die bestimmt nicht zu Menschen gehörten. Eine der Listen enthielt dazu noch Zeitangaben – meist 90 Minuten, manchmal 80, manchmal 120, manchmal 200 oder irgendetwas dazwischen. Ein Ordner enthielt dazu noch Materialien – Marmor, Holz, Elfenbein, Plastik. Ein Ordner enthielt dazu noch mehrere Untertitel, vielleicht waren es Kapitelnamen und oft ebenso Zeitangaben – 4:00, 2:43, 7:29, 5:33, 3:42, 22:46.

Ein Ordner enthielt dazu noch eine andere Art von Materialangaben – Leinwand, Papier, Papyrus, Glas, Holz und Öl, Wasserfarben, Tinte, Bleistift, Kohle. Noch vor wenigen Monaten hätte mir all das nichts gesagt, hätte ich die Begriffe nicht gekannt. Nun aber wusste ich aus meinen Büchern was hier aufgelistet war: Filme, Statuen, Plastiken, Musik und Bilder, womöglich noch mehr – ich blätterte nicht ganz durch die Ordner. Ich lag auf dem Rücken in meine Decke gehüllt und starrte hinauf zur finsteren Decke, wo ich die Schächte vermutete, und folgte ihnen in Gedanken in ihre Abteilungen. Dort schliefen gerade vier Bibliothekare oder Bibliothekarinnen – oder wie auch immer sie zu bezeichnen waren – , um in ein paar Stunden wieder aufzustehen, sich an ihre Tische zu setzten und CDs, Schallplatten, Bilder, Statuen, DVDs, Videokassetten, Tonbänder, Filmrollen in Listen zu vermerken. Ein kleiner Teil von mir wünschte sich, mit ihnen Plätze zu tauschen, um an ihrer Stelle meine Pflicht abzulegen, mir Filme anzuschauen, Kunstwerke zu bewundern, Musik zu hören. Vielleicht fände ich in ihren Abteilungen ein Funkgerät in einer versteckten Kammer, um damit Musik in alle Abteilungen zu übertragen, Bilder zu beschreiben oder Filme wie Hörspiele zu präsentieren.

23.

Geweckt wurde ich vom Lärm des mechanischen Armes, der an seiner Schiene über mich hinweg fuhr und von ganz oben auf dem Berg einen Ordner packte, um ihn dem Archivar auf den Tisch zu legen. Ich sah dem alten Mann eine Weile bei der Arbeit zu. Mit gebeugtem Rücken kauerte er über dem Papier und hielt nicht eine Sekunde lang inne, selbst nicht, wenn der Arm ihm gerade einen neuen Order brachte. Er nutze diese wenigen Augenblicke dazu, Geschriebenes auszubessern, Buchstaben nachzuziehen und Eselsohren auszubiegen. Der Anblick jagte mir einen Schauer über den Rücken. Ich sah mich selbst in ihm in einer Zukunft, die mir beinahe widerfahren wäre. Aber da war auch ein Eifer in dem Alten, den ich bei mir nie gefühlt hatte – nicht bloß Selbstverständlichkeit und Furcht. Doch immer wieder sah der Archivar über die Schulter, sah nach oben, wandte sich in alle Richtungen und zog dabei den Kopf unterwürfig zwischen die Schultern. Das kaum merkliche Schauspiel wiederholte sich alle paar Minuten und dauerte nie länger als drei Sekunden. Sein Eifer war nicht echt. Er fühlte sich beobachtet – nicht nur von mir in seinem Rücken.

An der Wand über dem Durchstieg hing eine Uhr. Es war fast Mittag – der Arm hatte mich nicht bei seiner ersten Fahrt geweckt. Ich wollte meinen Gastgeber nicht unterbrechen, also wartete ich bis es Zeit für seine Pause war. Das Warten blieb vergeblich. Er machte keine Pause, arbeitete durch und als er mich hörte, wie ich mich ächzend streckte und auf und ab gehend mit den Zehenspitzen immer wieder gegen herumliegende Ordner stieß, beugte er sich noch tiefer über sein Papier. Schließlich verlor ich die Geduld und trat an den Schreibtisch heran, legte meine Hand flach auf seine Liste. Er packte mich am Handgelenk und versuchte das Blatt Papier unter meinen Fingern hervorzuziehen. »Hören Sie auf.«, sagte ich. Er hörte nicht auf, riss an der Liste. »Lassen Sie das. Ich muss mit Ihnen sprechen.«

Er hörte nicht auf und ich schloss die Faust und zerknüllte das Papier. Ein Aufschrei, er stieß mich von sich und hob die zerknüllte Liste vom Boden auf, versuchte sie verzweifelt zu glätten. »Hören Sie auf! Es wird Ihnen nichts passieren.« Jetzt hielt er inne. »Ich kenne Ihre Stimme. Sie sind die Bibliothekarin aus F-23. Sie haben uns Geschichten vorgelesen.«

»Ja genau!«

»Und dann haben Sie aufgehört.«

»Ja.«

»Warum haben Sie aufgehört? Warum sind Sie hier?«

»Weil ich hoffte, der Schacht würde anderswo hinführen.«

»Wohin?«

»Ich weiß nicht.«

»Ich dachte, Sie seien abgelöst worden.«

»Nein, wurde ich nicht.«

»Ich werde bald abgelöst. Wissen Sie was passiert, wenn man abgelöst wird?«

»Nein.«

»Ich auch nicht, aber ich habe Angst.«

»Wovor?«

»Dass mit pflichtbewussten Archivaren etwas anderes passiert als mit solchen, die Fehler machen.«

»Haben Sie jemals Fehler gemacht?«

»Jetzt gerade mache ich meinen ersten und Sie sind Schuld!«

»Das tut mir leid.«

»Wissen Sie, was mit H-43 geschehen ist?«

»Nein.«

»Ich auch nicht, aber meine Bestellungen wurden einige Tage lang nicht weitergeleitet. Erst gestern habe ich Wasser, Rationen und Toilettenpapier erhalten.«

»Sie bekommen wieder Briefe?«

»Ich habe noch nie Briefe erhalten. Ich schicke jede Woche eine Bestellung ab und dann bekomme ich Rationen, Wasser und Toilettenpapier.«

»Verstehe«, sagte ich und musste an H-43s Stimme denken.

»Ich war so nahe dran.«

»Woran?«

»Abgelöst zu werden – auf die normale Art. So wie mein Vorgänger von mir abgelöst wurde. Vor fünfzig Jahren bin ich durch diese Schleuse gekommen.« Er zeigte in die Dunkelheit hinter den Ordnern. »Und in ein paar Monaten wäre ich durch diese Schleuse als guter Archivar wieder gegangen.« Dies waren nicht seine Worte. Er sprach mit den Worten unserer Kindheit und den Worten des Klassenraums, wie jemand, der lange nicht gesprochen hatte.

»Haben Sie von H-43 ein Wörterbuch erhalten?«

»Nein.«

»Das macht nichts. Ich habe das Wörterbuch mitgenommen.«

»Wofür brauchen sie es? Sie kennen die Wörter doch schon.«

Manchmal hörte ich doch aus seiner Sprache, dass er mir die vergangenen Monate über zugehört haben musste. Das machte mir Hoffnung. »Ich werde Ihnen etwas beibringen.«

»Das will ich nicht.«

»Ich werde Sie überzeugen.«

»Ich muss arbeiten.«

»Sie müssen nicht arbeiten.«

»Es ist meine Pflicht.«

»Das ist es nicht.«

»Lassen Sie mich bitte in Ruhe.«

»Nein.«

Er sagte nichts mehr und setzte sich zurück an seinen Tisch, betätigte den Hebel und drehte mir den Rücken zu. Ich ließ ihn für den Moment gewähren. Der mechanische Arm setzte sich in Bewegung und legte einen neuen Ordner vor den Archivar.

24.
Den Rest des Tages verbrachte ich damit, fasziniert die Titel in den Ordnern der anderen Berge zu lesen, mir Geschichten vorzustellen, die zu diesen Titeln passten, wenn es Filmtitel waren, mir Bilder vorzustellen, wo die Titel der Bilder genug beschrieben und nicht bloß Nummern waren und mir Statuen vorzustellen, wo die Namen der Statuen bildhaft genug waren. Die Titel in den Musikordnern sagten mir wenig und ich wusste nichts damit anzufangen. Was Musik war glaubte ich zu wissen, aber so sehr ich mir auch Töne vorzustellen versuchte, die in unterschiedlichen Höhen und Abständen angeordnet waren, um sich angenehm oder interessant anzuhören, umso weniger glaubte ich zu verstehen, was Musik war. In meinen Büchern hatte man so oft von Musik geschrieben, von bestimmten Liedern, die Gefühle auslösten und Erinnerungen. Ich beneidete die Figuren dieser Bücher und jene, die sie erfunden hatten.

25.
Um Punkt acht Uhr abends legte der Archivar den Stift beiseite, ignorierte den letzten Ordner, den ihm der mechanische Arm auf den Schreibtisch legte und erhob sich aus seinem Stuhl. Er marschierte geradewegs auf den Durchstieg in den Korridor zu, doch ich war aufgesprungen, an ihm vorbei gelaufen und trat ihm in den Weg. »Warten Sie.«

»Ich bin müde.«

»Warten Sie trotzdem. Ich möchte Ihnen etwas erklären.«

»Können Sie es mir erklären, während ich esse?«

»Natürlich.« Ich folgte dem Archivar in seine Kammer. Er reichte mir die Hälfte seiner Ration und wir aßen gemeinsam. »Sie müssen nicht jeden Tag arbeiten. Es passiert Ihnen nichts, wenn es Sie es nicht tun.«

»Woher wissen Sie das?«

»Mir ist nichts passiert und ich habe ganz damit aufgehört.«

»Das beweist nichts.«

Vielleicht hatte er Recht. Ich dachte an H-43. »Dürfte ich einen Brief schreiben? Ich möchte H-43 etwas fragen.«

»Warum? Ich glaube, das ist keine gute Idee.«

»Sie haben gesagt, dass Sie einige Tage keine neuen Rationen bekommen haben. Ich möchte H-43 fragen, ob alles in Ordnung ist, ob er noch derselbe ist oder ob er ausgetauscht wurde.«

»Was kümmert Sie das?«

»H-43 ist ein Freund.«

»Was ist ein Freund?« Ich stand auf, holte das Wörterbuch aus meinem Lager und erklärte dem alten Mann was ein Freund war. »Wie wurde er zu Ihrem Freund?«

»Das ist eine lange Geschichte.«

»Warum sind Sie hier?«, fragte der Alte wie gestern.

»Ich bin in der Bibliothek durch die Klappe in den Schacht gestiegen und hier gelandet.«

»Warum haben Sie das getan?«

»Weil ich nicht mehr in der Bibliothek sein wollte, weil H-43 mir nicht mehr antwortete und ich Angst hatte.«

»Wovor hatten Sie Angst?«

»Davor ausgetauscht zu werden.«

»Also verstehen Sie mich. Bis Sie aus dem Schacht gefallen sind, hatte ich nie Angst davor, abgelöst zu werden. Ich war mir sicher, dass es bedeuten würde, dass ich meine Pflicht gut erfüllt habe und endlich rasten dürfte. Seit Sie hier sind, glaube ich das nicht mehr und Sie scheinen es auch nicht zu glauben.«

»Bei mir ist es etwas anderes.«

»Und Sie wollen es auch bei mir zu etwas anderem machen. Sie wollen, dass ich aufhöre zu arbeiten.«

»Das stimmt.«

»Sehen Sie: Ich will nicht aufhören. Ich will arbeiten bis ich abgelöst werde, damit ich rasten kann.«

»Ich werde Sie nicht abhalten.«

»Ja bitte, versuchen Sie nicht mehr mich abzuhalten.«

»Aber ich werde versuchen Sie zu überzeugen.«

»Bitte nicht während ich arbeite.«

»Ich verspreche es.«

»Warum sind Sie eigentlich nackt? Wo ist Ihre Kleidung?«

»Ich wollte sie nicht mehr tragen. Ich brauchte sie nicht.«

»Verstehe.«

26.

Ich verlegte mein Lager vom Fuß des Berges unter dem Schacht an die Seite des Schreibtisches. Ich saß dort mit dem Rücken an den Tisch gelehnt, während neben mir der Archivar seiner Pflicht nachging. Manchmal stand ich auf und wanderte durch das Archiv, erweckte Lampe um Lampe, jedes Mal ein wenig weiter, kehrte aber immer rechtzeitig zurück, bevor der Archivar seine Arbeit beendete. Dann folgte ich ihm in seine Kammer, wir aßen und ich wiederholte, dass ihn niemand zwinge, seine Pflicht zu erfüllen. Er glaubte mir nicht. Ich glaubte mir selber nicht ganz. Trotzdem wollte ich ihn überzeugen. Ich wollte ihn zu meinem Komplizen machen. Das war egoistisch, aber ich tat es trotzdem. Wenn der Alte sich hinlegte, verließ ich die Kammer und versuchte ein wenig zu lesen. Aber ich las langsamer als früher, aufmerksamer. Zwölf Bücher waren alles, was ich mitgebracht hatte. Ich musste sie genießen, konnte die Zeilen nicht einfach überfliegen. Jeder Satz war wertvoll. Nach einer Woche fragte ich den Archivar, ob ich ihm etwas vorlesen solle und er nickte ohne von seinem Papier aufzusehen. Ich blätterte in dem Buch, das ich gerade las, zurück zum Anfang. Es war die Geschichte eines Mannes auf der Suche nach einem Fluss, den es nicht gab. Zumindest sagte man ihm, dass es den Fluss nicht gab. Der Mann studierte Landkarten, bestieg Berge, folgte Bächen und horchte in die Nacht hinaus nach dem fernen Rauschen, das der Strom erzeugen musste. Der Fluss, so glaubte er, führte ans Meer, das niemand je gesehen hatte. Ein Meer, unendlich Wasser, Wellen bis zum Horizont. Niemand glaubte, dass es so etwas wie ein Meer geben konnte, obwohl lang verstorbene Vorfahren davon berichteten. Also suchte der Mann nach dem Fluss und mit dem Fluss suchte er nach dem Meer und man lachte über ihn, bemitleidete ihn und fürchtete sich davor, dass er erfolgreich sein könnte.

27.

Nachdem ich eine Woche und fünfhundert Seiten später am Ende eines Arbeitstages das Buch zuschlug, fragte mich der Archivar, ob mein Lager bequem sei. »Es geht«, sagte ich. Er fragte mich, ob er mich noch einmal umarmen dürfte. »Warum?«, fragte ich.

»Ich kann es nicht erklären. Es fühlte sich gut an. Sie waren so warm.«

»Das fand ich auch. Sie waren auch warm.« Wir erhoben uns und er legte seine Arme um mich. Ich tat es ihm gleich. So standen wir eine Minute lang. »Danke«, sagte der Archivar und wir gingen zum Essen in die Kammer. Ich sprach danach auf ihn ein, wie ich es jeden Tag tat, sagte immer wieder er müsse nicht arbeiten, er müsse nicht ununterbrochen seiner Pflicht nachkommen und der Alte antwortete nicht. Er tat als höre er nicht was ich sagte, sagte gar nichts, saß auf seinem Bett und starrte durch mich hindurch. Irgendwann, wie jeden Abend, legte er sich wortlos hin, zog seine Decke bis unters Kinn und schloss die Augen. Ich verließ die Kammer. Dieses Mal aber kehrte ich mit meinem Bettzeug zurück und richtete mein Lager auf dem Boden neben seinem Bett ein. Am Morgen stieg der Archivar über mich hinweg und machte sich an die Arbeit. Ich folgte ihm, setzte mich neben den Tisch und las ihm das nächste Buch vor. Es war die Geschichte eines Ritters, der keine Drachen tötet wollte. Es war ein dünnes Büchlein für die Kinder der vergangenen Welt.

28.

Nachdem der Archivar an diesem Abend eingeschlafen war, erhob ich mich von meinem Lager und setzte mich auf sein Bett. Seine Augen waren fest geschlossen, doch ich wusste, dass er aufgewacht war. Hinter den Lidern bewegten sich seine Augäpfel aufgeregt hin und her. Er atmete rasselnd und rasch. Ich schlug seine Decke zurück, er zuckte erschrocken zusammen, öffnete aber seine Augen nicht, während ich meinen Kopf an seine Schulter legte und meinen Arm über seine Brust. Ich deckte uns beide wieder zu. Er roch nach Schweiß und seine Haut war feucht – sein Schweiß roch so anders als mein eigener. Ein Mensch – er roch wie ein Mensch und gemeinsam rochen wir nach vermischtem Schweiß. Es war so warm und ich schlief ein.

29.

Am Morgen zog der Archivar an der Schnur über seinem Bett um das Licht einzuschalten, stand aber nicht auf. Ich machte keine Anstalten ihn freizugeben. Mein Arm lag schwer auf seiner Brust und ich drückte ihn in den Polster. Er wehrte sich nicht dagegen. Stattdessen legte er seine Hand auf meinen Arm und ich fühlte, dass seine Finger sich fest um ihn schlossen. Mit dem Daumen streichelte er meine Haut. So lagen wir noch eine Stunde und das Herz des Archivars raste und pochte aufgeregt in meinem Ohr. Irgendwann begann er sich zu winden, riss plötzlich meinen Arm von seiner Brust und sprang auf, ächzte, hielt sich den Rücken und rauschte aus der Kammer, durch den Korridor und ins Archiv. Ich folgte ihm verschlafen und fand ihn an seinem Tisch schreibend, schneller als üblich, panisch zitternd, immer wieder Fehler ausbessernd. Seine Hand zog ungeduldig am Hebel und er schaute öfter als üblich über die Schulter. Ich las ihm vor, ruhig und gemächlich, wie um ihm zu versichern, dass ihm nichts geschehen würde.

30.

Ich schlief von nun an jede Nacht bei dem Archivar im Bett und hielt ihn jede Nacht fest und er hielt meinen Arm. Einmal drehte er sich zur Seite und ich legte meine Arme um ihn und schmiegte meine Beine an seine Beine. Einmal drehte ich mich um und er tat das gleiche. Einmal drehten wir uns zueinander und atmeten uns gegenseitig ins Gesicht. Wir schliefen in der Wärme tiefer als wir je geschlafen hatten. Und wenn ich erwachte, fühlte ich mich friedlich, die Nächte waren befriedigend – ich war zufrieden und verlor beinahe den Wunsch, den Abteilungen zu entkommen, denn ich war sicher, aus irgendeinem Grund – solange wir in diesem Bett lagen – dass mir nichts geschehen konnte, dass ich vor dem sicher war, was H-43 widerfahren sein mochte. Der Archivar erhob sich weiter jeden Morgen. Er arbeitete von acht bis acht und ich las ihm vor, bis ich alle zwölf Bücher vorgelesen hatte und während er aß und bevor ich mich zu ihm ins Bett legte, schrieb ich an meinem Roman, erinnerte mich an die letzten Monate und Jahre und die Lücken des Vergessens füllte ich mit nachträglichen Gedanken. Die Tage vergingen rasch, als habe sie jemand halbiert, als liefe die Zeit hier in Y-2 schneller als in F-23. Genauso schrieb ich schneller und mehr, wie um mit den rasenden Sekunden Schritt zu halten. Ich fing auch damit an, jeden Abend ein Briefchen an H-43 zu schreiben. Eine Antwort erhielt ich nie. Ich tat es trotzdem und der Archivar ließ mich gewähren. Weil ich keine neuen Bücher mehr hatte, las ich dem Alten einige Tage lang aus dem Wörterbuch vor und dann aus meinem Lexikon. Hin und wieder unterbrach er seine Arbeit, um mir eine Frage zu stellen. Dann schlug ich nach, versuchte so gut es ging eine Antwort zu finden. Wenn er zufrieden war, nickte er wortlos und machte sich wieder an die Arbeit. Das Lexikon aber langweilte mich bald und stattdessen las ich ihm meinen eigenen Roman vor, stoppte meinen Vortrag des Öfteren, um etwas zu verändern, etwas auszubessern oder umzuformulieren. Ich fragte ihn, ob ihm was ich vorlas gefiel oder ob es nicht vielleicht anders besser sei. Er wusste darauf nie eine Antwort und ich hätte vermutlich nicht auf ihn gehört. Er war schließlich nicht dabei, wusste nicht, wie meine eigenen Erlebnisse besser zu beschreiben gewesen wären.

31.

Es dauerte nicht lange, bis ich beim Vorlesen mein Schreiben eingeholt hatte, also fing ich einfach wieder von vorne an. Gleichzeitig kopierte ich das schon Geschriebene. Der Archivar überließ mir einen Stapel leerer Blätter. Tagsüber las ich vor und schrieb das Gelesene nieder. Abends fügte ich am Ende Zeilen hinzu, bevor ich zu dem Archivar in Bett kroch und wir jeden Tag ein wenig länger schliefen. Zu meiner schelmischen Freude mühte sich mein Gastgeber bald auch schon nicht mehr so sehr, rasch zu seinem Schreibtisch zu kommen. Die Furcht vor Vergeltung, vor dem Auge der Pflicht, war von ihm abgefallen, obwohl er sich mühte, sich das nicht ansehen zu lassen. Der eingezogene Kopf und das über die Schulter Schauen waren bloß noch Schauspiel. Ganz von seiner Pflicht abbringen konnte ich ihn aber nicht. »Was sollte ich sonst tun?«, fragte er mich und ich konnte ihm keine Antwort geben.

32.

Ich hörte sein Herz und seinen Atem. Ich fühlte seine Träume, wenn sich seine Arme und Finger im Dunkeln wanden, er die Fäuste ballte und die Beine durchstreckte. Ich hielt ihn fest, wenn seine Augen unter den Lidern wild hin und her fuhren und ich horchte tief in ihn hinein. Und dann, eines Morgens erwachte ich und hörte nichts mehr in seiner Brust. Der Archivar lag da, die Augen geschlossen, den Mund weit aufgerissen und rührte sich nicht. Da schlug kein Herz mehr unter meinem Arm und ich fühlte nichts als ich mein Ohr über seinen Mund hielt. Er roch nicht mehr nach Mensch, nicht mehr nach Schweiß und obwohl ich einen Rest Wärme in ihm fühlte, begann ich zu frieren und musste ihn loslassen. Der alte Mann war gestorben.

33.

Ich saß am Schreibtisch des toten Archivars, besah mir seine letzte unvollständige Liste und fühlte mich so einsam wie noch nie. Mir war so kalt und ich hüllte mich in mein Bettzeug. Das Archiv war leer. So weit und leer und die Regale schienen unendlich von mir abgerückt und die Berge unter den Schächten unsichtbar in der Finsternis der eingeschlafenen Lampen. Ich war allein, ganz allein, immer schon ganz allein, als habe es den alten Mann nie gegeben. Für einen Moment war ich mir sicher, dass es ihn nie gegeben hatte und ich immer noch oben in der Bibliothek saß, dass ich nie ein Funkgerät in einer verborgenen Kammer entdeckt hatte, dass ich nie Pfirsiche gegessen und Bücher gelesen hatte und dass mein ganzes Leben überhaupt nicht stattgefunden haben konnte. Und während ich das fühlte, begann ich wieder zu verschwinden, wurde kleiner und kleiner, rollte mich zu einer winzigen Kugel zusammen, zu einem Knäuel, das sich fester und fester zusammenzog, mir die Rippen, die Wirbelsäule, die Arme zu brechen drohte und dann – saß ich wieder da wie zuvor und war hungrig und durstig und müde.

In der Kammer lag der leblose Körper des Archivars steif und grau auf dem Bett, wie ich ihn zurückgelassen hatte. Ich hob eine seiner Rationen auf und aß an seiner Seite, legte ihm, als ich fertig war, eine Hand auf die Stirn, wie um zu überprüfen, ob er wirklich kalt, wirklich tot war wie der Falter und wie die Heuschrecke und wie die Fliegen in meiner Kammer, die Wanzen im Spinnennetz. Er war kalt und ich lief hinaus ins Archiv zum Schreibtisch, getrieben und ängstlich auf einmal, wie der Alte früher gewesen war und zog an dem Hebel. Der mechanische Arm brachte mir einen Ordner. Ich trug ihn in die Liste ein, betätigte den Hebel und wiederholte den Vorgang, bis die Liste voll war, hängte sie in den dafür vorgesehenen Ordner ein und warf den Ordner in den Schacht. Dann packte ich meinen Roman und das Wörterbuch vom Boden neben dem Schreibtisch, brachte Roman und Wörterbuch in die Kammer, hüllte sie in mein Bettzeug und schleppte das Paket zurück ins Archiv. Dort sammelte ich die einzelnen Teile des Lexikons auf und warf sie in den Schacht, genau wie die Kopie des Romans und die zwölf Bücher, die ich mitgebracht hatte. Ich zögerte einen Moment, konnte mich nicht von dem Lexikon trennen, fühlte den Drang noch etwas hinzuzufügen, noch eine Notiz zu schreiben, das Ganze nach fehlenden oder falschen Verweisen zu durchpflügen, aber dann ließ ich den ersten Teil los, hörte ihn im Schacht gegen eine Kurve schlagen und warf den Rest hinterher.

34.

Der Archivar war zu schwer für mich. So sehr ich auch an seinem Bein, seinem Arm zerrte, rührte er sich doch nicht. Die schlaffen Glieder sträubten sich gegen meine Bemühungen. Erst als ich ihn in seine Decke eingeschlagen hatte und ihn unter Tränen von der Matratze auf den Boden gerollt hatte, ließ er sich bewegen. Über den glatten Beton konnte ich ihn ziehen wie in einem Sack. Es fiel mir auch leichter, ihn nicht mehr ansehen zu müssen, bloß noch das unförmige Leichentuch. Darin hatte er sich gekrümmt und verrenkt. Noch einmal musste ich alle Kraft, die mir noch verblieben war, aufbringen, um ihn durch das Loch, den Durchstieg zu hieven, ihn ins Archiv hinaus zu stoßen, wo er aufschlug. Mir wurde übel bei dem Geräusch, aber ich erlaubte mir nun keine Pause mehr. Ich zog ihn weiter, zwischen den Regalen hindurch, vorbei an den Bergen unter den Schächten und bis vor die Schleuse, durch die er vor fünfzig Jahren hier hergekommen war. Dort blieb ich stehen. Ich stand und starrte gegen fest verschlossenen Stahl, meinen Roman und das Wörterbuch zu meinen Füßen und die Leiche des Gastgebers. Nach einigen Minuten, vielleicht war es auch eine Stunde, begann ich zu schreien. Ich schrie die Schleuse an, schrie: »Hallo!« und »Können Sie mich hören?!«

und wiederholte diese Worte einhundert Mal. »Der Archivar ist tot! Der Archivar ist tot!«, bis mir die Stimme versagte und gerade als ich verstummte, mir an den Hals fasste, öffnete sich tatsächlich das Tor. Geräuschlos als bestände es gar nicht aus Stahl, verschwand das Schleusentor nach oben in der Mauer und gab einen quadratischen Raum mit zwei Bänken gegenüber an beiden Seiten frei. Ich erinnerte mich an diesen Raum. Auf dieser Bank hatte ich gesessen, verängstigt und fremd. Ein alter Mann – ein Bibliothekar, kein Archivar – hatte dort auf der anderen gesessen, zurückgelehnt, müde, und hatte zu mir gesagt: «Du stehst um sieben Uhr auf. Um acht Uhr sitzt du an deinem Tisch und betätigst den Hebel. Der Arm legt ein Buch auf den Tisch. Du siehst dir das Buch an und füllst die Liste aus. Du betätigst den Hebel erneut. Der Arm greift sich das Buch und stellt es zurück. Du betätigst den Hebel erneut. Wenn die Liste voll ist, lochst du sie und legst sie in den Ordner. Wenn der Ordner voll ist, stehst du auf und wirfst ihn in die Klappe. Du nimmst einen neuen Ordner aus einer der Truhen neben der Klappe. Jedes neue Blatt Papier versiehst du mit einem Raster und machst daraus eine Liste nach Vorlage derer, die ich dir soeben gezeigt habe. Du liest niemals mehr als notwendig. Das ist deine Arbeit bis acht Uhr abends. Um ein Uhr darfst du eine halbe Stunde pausieren und etwas essen. Hast du verstanden?«

Ich legte den Roman und das Wörterbuch auf die Bank, schleppte den Archivar über die Schwelle durch das Schleusentor und hob ihn – er schien mir plötzlich ganz leicht – auf die Bank. Ich befreite den Toten von seinem Leichentuch. Seine Augen waren aufgegangen, waren grau und leer und starrten durch mich hindurch. Als ich mich auf der Bank gegenüber niederließ, setzte sich das Tor erneut in Bewegung, verschloss den Weg zurück. Ein Licht erwachte über uns. Es flackerte unstet, genügte aber, um darin zu lesen. Nur hatte ich nichts zum Lesen mitgebracht. Stattdessen schlug ich meinen Roman – diese Geschichte – auf und schrieb. Es gab nicht mehr viel zu erzählen, es gab nun nicht mehr viel zu tun, keine Pflicht mehr zu erfüllen, also sprach ich laut, wie früher in mein Funkgerät, sprach zu H-43, fragte ihn was nun geschehe, fragte ihn, wie es ihm ginge, und erklärte ihm, wie es mir ging.

»Verstehe.«, sagte er in meinen Gedanken – dann nichts mehr. Ich war allein und wartete darauf, abgelöst zu werden.

Foto: Ganna Gnedkova

Peter Marius Huemer, geboren 1991 in Haag am Hausruck und aufgewachsen in Wels, lebt heute in Wien. Er studierte Komparatistik an der Universität Wien. Der freie Schriftsteller, Journalist und Übersetzungsberater veröffentlicht seit 2012 Lyrik und Prosa in Anthologien sowie in Einzelbänden.
Nach *Dies unfassbare Ding* (2021) ist *Die Bibliothekarin* sein zweiter Roman bei Septime. Im vergangenen Jahr erschien mit *Das Mädchen mit dem Bären* des ukrainischen Schriftstellers W. Domontowytsch ein Roman, den er gemeinsam mit seiner Ehefrau Ganna Gnedkova ins Deutsche übertrug, ebenfalls bei Septime.

Peter Marius Huemer

Dies unfassbare Ding

Ein verlassenes Hochhaus am Rande der Stadt soll abgerissen werden. Ein maroder mittelständischer Familienbetrieb kann sich diesen monumentalen Auftrag sichern und schickt Johannes Eichinger unter engen Zeitauflagen ans Werk. Schnell erkennt der von Schlaflosigkeit geplagte Sprengmeister, dass sich hinter den grauen Mauern des von außen unscheinbaren Gebäudes Geheimnisse verbergen. Seiner inneren Logik folgend, begibt er sich auf eine investigative Irrfahrt, um den Mysterien des Turmes auf die Spur zu kommen. Der ehemalige Besitzer, der Architekt und der bankrotte Hotelier von gegenüber sollen Aufschluss geben, doch die Frage nach dem Sinn des Bauwerks ist komplexer, als es Johannes je geahnt hätte.
Er erinnert sich an nichts.

Peter Marius Huemer malt in *Dies unfassbare Ding* das Bild einer Odyssee, der alles zu entgleiten scheint. In seiner Geschichte über die Vernichtung und die Dekonstruktion unfertiger Dinge stellt er uns vor die Herausforderung, den Ist-Zustand der Welt gedanklich zu verlassen, und verlangt uns den Mut ab, uns der großen weißen Wand einer möglichen Wahrheit zu stellen.

Gebunden mit Schutzumschlag
216 Seiten, ISBN: 978-3-99120-002-4
Auch als E-Book erhältlich

Jun'ichiro Tanizaki

Das Geständnis

Aus dem Japanischen von
Jan Manus Leupert

Der Schriftsteller Mizuno hat erneut eine Geschichte über einen perfekten Mord geschrieben. Wie auch zuvor in seinem Schaffen ist die Figur des Opfers die Kopie einer realen Person. In diesem Fall ist es ein ihm gut bekannter Schriftstellerkollege. Als Mizuno kurz nach der Abgabe des Manuskripts bemerkt, dass sich auf den letzten Kapiteln der wahre Name seines Kollegen ins Buch geschlichen hat, bemüht er sich darum, das noch zu korrigieren. Doch es ist bereits zu spät.

Gebunden
312 Seiten, ISBN: 978-3-99120-019-2
Auch als E-Book erhältlich

Emily Maguire

Ein Einzelfall

Aus dem Englischen von Roland Freisitzer

Als die 25-jährige Bella Michaels in der australischen Kleinstadt Strathdee brutal ermordet wird, ist die Gesellschaft in Schockstarre. Gleichzeitig stürzt sich die Medienmeute auf die erschütterte Gemeinschaft.
Bellas Schwester Chris, eine Kellnerin in einem Pub im Ort, befindet sich mit einem Mal ungewollt im Zentrum der Aufmerksamkeit. Und das im Augenblick ihres größten Leides. Bellas vermeintlich leichtgängiges Verhältnis zu Männern steht bald im Zentrum des Interesses und färbt auf die getötete Schwester ab.

Gebunden mit Schutzumschlag
360 Seiten, ISBN: 978-3-99120-018-5
Auch als E-Book erhältlich

Lydia Steinbacher

Wolgaland

Das Leben in einer wolgadeutschen Kolonie, die Deportation der Familie nach Sibirien in den Vierzigerjahren und die Suche nach einem Ort, der eine neue Heimat werden könnte – all das kennt Alexandr aus eigener Erfahrung und aus den Erzählungen seines Vaters über die Vergangenheit. Tagein, tagaus begleitet ihn die Erinnerung an früher. Doch auch nach der Übersiedlung in die »Urheimat«, aus der einst die Vorfahren ausgewandert waren, fühlt Alexandr, nun schon im fortgeschrittenen Alter, sich fremd und unverstanden. Selbst die Musik, die ihn sein Leben lang begleitet hat, bringt ihm keinen Trost mehr. Als das Gefühl, verfolgt zu werden, immer stärker wird, fasst er einen Plan.

Gebunden
240 Seiten, ISBN: 978-3-99120-009-3
Auch als E-Book erhältlich

Markus Bundi

Die letzte Kolonie

Abenteuerroman, Dystopie und philosophischer Thriller in einem: Markus Bundi erzählt die Geschichte der letzten menschlichen Kolonie, die unter Tage in einem permanenten Dämmerzustand lebt. Doch ein Experiment lässt einige der Unterdrückten aufbegehren … Leserin und Leser finden sich wieder in der futuristischen Vision einer von Kapitalismus, Umweltschäden und Pandemien gezeichneten Menschheit, die sich unter ihren Füßen eine zweite Welt geschaffen hat. Aber was passiert, wenn die Unteren nach oben streben und die Oberen nach unten expandieren wollen?

Gebunden
168 Seiten, ISBN: 978-3-99120-003-1
Auch als E-Book erhältlich

www.septime-verlag.at